Gisela Matthies

DAS LEBEN EBEN

Erzählungen

Impressum:
© 2024 Gisela Matthies: Das Leben eben
Layout und Titel: anke-fischer.de
Titelbild: Erik Nilsson auf pixabay.com
Foto Autorin: Sylvia Bothmer
Verlag: BoD · Books on Demand GmbH,
In de Tarpen 42, 22848 Norderstedt
Druck: Libri Plureos GmbH, Friedensallee 273,
22763 Hamburg
ISBN: 978-3-7693-1687-2

Liebe Leserinnen und Leser,

lasst mich an den Anfang dieser Kurzgeschichtensammlung eine kleine Warnung stellen. Viele Erzählungen werden euch zum Lachen bringen, zumindest aber zum Schmunzeln. Nur sind nicht alle Geschichten leicht und luftig, besonders die Krimis haben es in sich und die gruseligen Stories könnten Gänsehaut hervorrufen. Aber spannend sind sie alle, denn sie sind dem Leben abgeschaut.

Viel Freude beim Lesen!

Neuanfang

Luzy hatte den ganzen Nachmittag gottergeben auf der Fensterbank gehockt, wenn sie nicht gerade die Studenten vom Umzugstrupp mit ihrem Medizinköfferchen versorgte. In jeder stillen Minute fragte Marja sich, warum zum Teufel sie die Warnungen ihrer Freundinnen ignoriert hatte und nach Karlsruhe gezogen war, zu Victor! In dieses Haus, das seiner Mutter gehört! Offensichtlich hatte der Wasserschaden nicht nur ihre alte Wohnung, sondern auch ihren Verstand unter Wasser gesetzt. Marja konnte gar nicht aufhören den Kopf zu schütteln. Victor. Sie hatte seine Besuche gehasst. Weil er immer nur sporadisch gekommen war. Weil er sich nie angekündigt hatte. Weil er die absurdesten Geschenke mitbrachte. Und weil Luzy jedes Mal aus dem Häuschen war vor lauter Begeisterung über ihren Papa. Beim letzten Besuch hatte er mitsamt Frau Holle und einem kleinen Käfig vor ihrer Tür gestanden und Luzy hatte sich in seine Arme geworfen und geschluchzt: „Ich werde ein Heimkind, wegen dem vielen Wasser, weil, wir sind doch jetzt obachtlos!" Victor hatte die freie Wohnung in der Karlsruher Südstadt aus dem Hut gezaubert wie der große Zampano und es dabei sogar geschafft, bescheiden auszusehen. Schon aus Prinzip hatte Marja abgelehnt und es hinterher bitter bereut, denn sein Wohnungsangebot war das einzige geblieben. Alleinerziehende Studentinnen standen auf der Beliebtheitsskala von Vermietern ganz weit unten. Aus diesem Grund war sie zu Kreuze gekrochen und nicht bereit, ihm genau das zu verzeihen.

Der nächste Tag begann genauso bescheuert, wie sein Vorgänger zu Ende gegangen war. Maja versuchte, das unregelmäßige Schnaufen irgendwo in diesem Chaos zu orten, aber der Verkehrslärm, der durch die offenstehenden Fenster drang, machte ihr einen Strich durch die Rechnung. Kurz überlegt sie, die Fenster zu schließen, aber bei der bulligen Hitze, die hier oben in dem kleinen Raum herrschte, käme das einem Selbstmord gleich. Sie zog sich aus bis auf Slip und BH und begann so systematisch wie möglich bei ihrer Suche vorzugehen. Sie tastete sich an den Wänden entlang und ließ nichts aus, nicht die unteren Schubladen im Kleiderschrank, nicht die aufeinander gestapelten Pappkartons, nicht das Puppenhaus. Innerhalb kürzester Zeit wanden sich ihre hüftlangen Haare wie feuchte Lianen um ihren Körper.

Sie musste Frau Holle finden, bevor die an einem Hitzekollaps starb; das Schnaufen war bereits in jämmerliches Fiepen übergegangen und auch die Intervalle des hektischen Schabens hatten sich deutlich verlängert. Sie mochte sich gar nicht vorstellen, was Luzy mit der armen Kreatur angestellt hatte. Dummerweise konnte sie ihre Tochter nicht fragen, die hatte sich zu ihrem Vater verzogen und an dessen Wohnungstür würde sie nicht klingeln, auf gar keinen Fall.

Den Arztkoffer hatte Marja ihrer Tochter geschenkt in der Hoffnung, er würde den Kummer über den Wegzug aus Heidelberg lindern. Die Rechnung war aufgegangen, Luzy hatte alle am Umzug beteiligten mit dem Stethoskop untersucht, die Frauen vor allem am Knie, bei den Männern hatte sie sich auf den Adamsapfel konzentriert. Der Gedanke an ihre neugierige und unerschrockene Tochter ließ sie kurz lächeln, auch wenn dieses Lächeln etwas gequält ausfiel. Ihr Stolz wurde gedämpft von der Furcht, dem Einfallsreichtum der Fünfjährigen auf Dauer nicht gewachsen zu sein.

Beim Versuch, ein Minimum an Ordnung in das Kinderzimmerchaos zu bringen, fiel ihr auf, dass in dem Arztköfferchen nur noch zwei Heftpflaster lagen, dann hörte sie das Schnaufen. Erneut durchwühlte sie den Kleiderstapel auf dem Boden, zerrte die schmuddeligen Kissen aus dem Puppenwagen und kontrollierte Luzys Bett. Zu guter Letzt ließ sie sich vor einem quadratischen Lego-Haus ohne Fenster und Türen, aber mit stabilem Dach, auf alle viere nieder und schüttelte das Bauwerk vorsichtig. Aus seinem Inneren drangen undefinierbare Geräusche. Mit einem Ruck zerrte sie das Dach herunter und legte die asthmatisch keuchende Frau Holle frei. Das braunweiß gescheckte Fell des Meerschweinchens war über und über mit Pflastern versehen, besonders große Exemplare legten die Vorderpfoten lahm und versiegelten Frau Holles Hintern.

Erschöpft rollte sich die verschwitzte Patientin so gut wie möglich auf dem niedrigen Tisch zusammen und ließ apathisch Marjas Prozedur mit der Nagelschere über sich ergehen. Danach sah sie aus wie ein struppiger Flickenteppich.

Marja entließ Frau Holle in den Schutz ihres Käfigs, füllte neues Futter in die kleine Schüssel und erneuerte das Wasser, sank erschöpft auf Luzys Bett.

Dieser Umzug stand unter keinem Stern.

Med in Afrika

Als Julia im Reisebüro den Katalog von Sabato-Tours entdeckt, weiß sie, dass sie das Richtige gefunden hat. Diesmal wird sie ganz bestimmt keine Pauschalreise buchen, bei der man hinter einem Fähnchen schwingenden Leithammel von Sehenswürdigkeit zu Sehenswürdigkeit hetzt, ohne auch nur einen Luftzug vom warmen Atem des wirklichen Lebens zu spüren. Mit Sabato-Tours wird sie das etwas andere Namibia erleben, sich einlassen auf die afrikanische Lebensart, den schwarzen Rhythmus, wird die Bevölkerung hautnah erleben. Und dabei still und leise ihren 60. Geburtstag feiern. Julia hat es jetzt sehr eilig mit der Buchung.

Anfang Januar 2010 fluten die Passagiere des Air Namibia Fluges NT 435 in Wellen die Rollbahn von Windhoek, strömen dem Ausgang zu und verteilen sich in die bereitstehenden Reisebusse. Zurück bleibt eine kleine Handvoll Menschen in gedämpftem Khaki, die sich um einen altersschwachen Toyota-Bus scharen, unschlüssig den Sonnenhut in der Hand haltend. Es sind erst 18 Grad und der Himmel ist bewölkt. Julia fröstelt.

Zwei Tage bleiben sie in Windhoek, besuchen soziale Projekte, das Museum und ein ehemaliges Slumgebiet. Am Dienstag werden sie in Richtung Owambo aufbrechen. Wer diesen Landstrich nicht kennt, kennt Namibia nicht, sagt Erich. Erich ist ihr Reiseleiter, ihr Kofferträger und Inhaber von Sabato-Tours.

Julia spürt Unruhe wie Ameisen durch ihre Blutbahnen wandern, sie will endlich weg aus der Großstadt, die nicht so sehr viel anders aussieht als Stuttgart, nur eben viel ärmer.

Sie sehnt sich nach dem Herzschlag der Natur, nach dem einfachen Leben. In letzter Zeit ist sie der westlichen Zivilisation ziemlich überdrüssig. Alles ist reglementiert, durchstrukturiert, kontrolliert. Wie kann man sich da noch selber spüren?

Acht Uhr morgens, die Sonne leckt die Pfützen der vergangenen Nacht auf, die Luft ist diesig, der Kleinbus startbereit. Auf Erichs Anraten haben sie gestern vier große Plastikkanister mit Wasser gekauft und alle Mitreisenden sich zudem mit ausreichend Keksen und Obst als Reiseproviant eingedeckt. Mit dem heutigen Tag endet die ihnen vertraute Zivilisation, sagt Erich. Sie werden in den Norden nach Owambo fahren, die Heimat des gleichnamigen Stammes, aber auch aller anderen Ethnien, die das Land hat. Die Region ist karg, arm und abgelegen und Julia kann es kaum erwarten loszufahren.

Die Savannenlandschaft mit ihren mattbraunen Farben verschwimmt in der Mittagshitze, die Klimaanlage im Bus ist defekt, Regen wäre gar nicht so übel. Zehn Stunden bis Outapi.

Julia durchwühlt ihren Rucksack nach der Obsttüte, befingert jede einzelne Pflaume und entscheidet sich für eine mit besonders festem Fleisch. Beißt hinein, hält inne und überlegt, was sich da soeben in ihrem Mund verändert hat. Schickt ihre Zunge auf Tatortbegehung und wird fündig. Es dauert eine Weile, ehe ihr Gehirn die Botschaft übersetzen kann: Ihr fehlt ein Zahn. Oben. Vorne. Da, wo eine Brücke kunstvoll die Lücke schließt, die ein Medizinball in der zehnten Klasse geschlagen hat.

Hektisch sucht sie nach dem Spiegel, klappt ihn auf und starrt auf das schwarze Loch, das sich zwischen ihren ebenmäßigen Zähnen breitgemacht hat. Sie sieht aus wie eine – nein, sie will dieses Wort nicht mal denken!

Ihr Mund ist trocken. Wo ist der verdammte Zahn? Hat sie

ihn verschluckt? Gott sei Dank, nein, der Ausreißer ruht anmutig im honigfarbenen Fruchtbett der Pflaume. Vorsichtig pickt sie ihn heraus, lässt ihn in einem Taschentuch verschwinden und verstaut beides sorgsam in ihrem Rucksack. Morgen wird sie nach Hause fliegen, zu ihrem Zahnarzt. Bis dahin spricht sie kein Wort mehr. Lächeln wird sie auch nicht, schon gar nicht lachen.

Aber die Gruppe lässt sie im Stich, weigert sich stur, zurück nach Windhoek zu fahren. Einziges Zugeständnis: Erich darf im nächstgelegenen Ort einen Zahnarzt suchen.

Der nächste Ort liegt vier Stunden Fahrzeit entfernt und heißt Okashaki. Sie sind die einzigen Weißen weit und breit. Dreimal müssen sie die Hauptstraße rauf und runter fahren, bis sie fündig werden. Zwischen der First National Bank und einem Geschäft mit Herero-Puppen liegt die Praxis eines Dentisten. Erich bleibt beim Bus, der Rest der Gruppe begleitet Julia.

In der Praxis sieht es aus wie in der Wartehalle vom Stuttgarter Bahnhof. Zwei Frauen in bunten Gewändern halten auf den Stühlen im Wartebereich ihren Mittagsschlaf. Der Doktor ist nicht da, hat ebenfalls Mittagspause. Julia ist erleichtert, doch irgendwie traut sie dem Laden nicht. Der Doc wird herbeitelefoniert, sie soll kurz warten. Zu siebt lassen sie sich im Wartebereich nieder. Es ist kein Altruismus, der die Weggefährten an Julias Seite schweißt – draußen brüllt inzwischen die Sonne alles nieder, was sich bewegt.

Julia möchte sich die Zähne putzen. Eine der Frauen versichert ihr in holprigem Englisch, das sei nicht nötig. Julia möchte sich trotzdem die Zähne putzen, schließlich muss sie diese gleich dem Zahnarzt präsentieren. Abermalige Versicherung, das sei nun wirklich nicht nötig. Julia besteht darauf. Bedächtig den Kopf schüttelnd händigt man ihr den Schlüssel aus.

Augenblicklich ist auch sie der Meinung, dass Zähneputzen überschätzt wird, denn das Örtchen ist in einem trostlosen

Zustand. Sie konzentriert sich auf das Fließen des Wassers und verbietet sich, irgendwo anders hin zu starren als auf das Rinnsal, das aus dem Hahn läuft, schon gar nicht in den Spiegel. Im Wartezimmer wird sie mit der freudigen Botschaft konfrontiert, dass der Doc schon da sei und sehr vertrauenswürdig aussehe. Wie schön. Zögernd betritt sie das Behandlungszimmer und tatsächlich, der junge Mann im weißen Kittel sieht vertrauenswürdig und kompetent aus. So ganz anders als der Raum.

Julia ist Ende der fünfziger Jahre geboren und schon sehr frühzeitig mit Zahnarztpraxen in Berührung gekommen. Aber sie kann sich nicht erinnern, dass eine darunter gewesen war, die sich ansatzweise mit dieser hier vergleichen ließe.

Der Raum ist ungefähr so groß wie ein normales Schlafzimmer und an zwei Seiten mit einer maroden Küchenzeile möbliert, in einer Ecke hängt ein rostiges Ausgussbecken. An der dritten Wand baumelt eine Apparatur, bei der es sich um ein Röntgengerät handeln könnte, sie ist nicht alt genug, um das zu beurteilen. Der Behandlungsstuhl in der Ecke – verdammt, sie hat so ein Ding im Museum gesehen, aus der Kaiserzeit, wenn sie sich richtig erinnert. Allerdings war das besser in Schuss gewesen, bei dem hier versuchen drei altersschwache Streifen Leukoplast vergeblich, die Füllung ins Polster zurückzuzwingen. Drei ausgeblichene Plastikstühle mit hoher Lehne harren an der Wand aus. Sie lässt sich vorsichtig im Behandlungsstuhl nieder und behält den Ausgang fest im Auge.

Der Zahnarzt hat ein prachtvolles weißes Gebiss und spricht Englisch sehr viel besser als sie. Er betrachtet aufmerksam ihre Zahnlücke, die Reste der Klammer und den einsamen Zahn in ihrer Hand. Lächelt ihr aufmunternd zu und macht sich an die Arbeit. Es wird geschliffen und poliert. Gespült wird auch, unter fließendem Wasser, hinten an der Wand, da wo der Hahn still vor sich hin tröpfelt.

14

Um sich abzulenken unterzieht Julia die Praxis einer erneuten Prüfung, es muss doch auch Erfreuliches geben. Der Bohrer zum Beispiel wird nicht mehr mit einem Fußpedal angetrieben. Und der Doc und seine Assistentin tragen Latexhandschuhe. Immerhin! Auf dem maigrün lackierten Hocker neben ihr steht ein Tablett aus hellblauem Plastik. Mit bräunlichen Flecken drauf. Julia hofft inbrünstig, dass es sich dabei um chemische Verfärbungen handelt. Sie beäugt die sparsam darauf verteilten zahnärztlichen Instrumente. Eines erinnert sie an einen gusseisernen Korkenzieher mit Flügelschraube. Sie fokussiert den Blick, falsch geraten, es ist eine vorsintflutliche Spritze. Instinktiv presst sie die Zähne zusammen, hört aber abrupt damit wieder auf – sie kann sich keinen weiteren Zahnverlust leisten.

Der Doktor benötigt etwas, leider spricht er Oshivambo, sie muss also raten. Die Helferin greift nach einem betagten Wasserkocher und eilt hinaus, vermutlich zur einzigen anderen Steckdose in der Praxis und kommt mit kochendem Wasser zurück. Schüttet aus einer ramponierten Dose etwas Weißes auf die Arbeitsfläche, das verdächtig nach Scheuermittel aussieht, und bearbeitet mit einer Zahnbürste, die schon etliche ihrer Borsten verloren hat, Brücke plus Zahn. Gießt erneut Wasser darüber, das längst nicht mehr kocht und reicht es dem Doktor. Um das Ersatzteil zu trocknen, wedelt der Arzt damit eine Weile durch die stickige Luft.

Julia schielt auf ihre Uhr. Seit genau fünfundvierzig Minuten hockt sie hier. Wollen die beiden jetzt Zeit schinden? Halbherzig steht sie auf, setzt sich wieder hin. Ohne Brücke kann sie nicht weg.

Fünf Minuten benötigt der dentale Meister, um sein Werk in ihr Gebiss einzufügen und drückt ihr mit einem zufriedenen Lächeln einen bonbonrosa Spiegel in die Hand, damit sie sich bewundern kann.

Die obere Zahnreihe ist genauso makellos wie vor dem Malheur. Julia bedankt sich beim Chef und seiner Assistentin, begleicht im Vorraum die beschämend niedrige Rechnung und gibt ein großzügiges Trinkgeld.

Draußen auf dem Parkplatz winkt sie ein paar Kinder zu sich, die im Schatten einer löchrigen Markise mit einem Kronkorken spielen. Sie zerrt ihren Rucksack aus dem Bus und verteilt alle Pflaumen und einen prallen Beutel mit gesalzenen Nüssen unter ihnen. Einem weiteren Zahnarztbesuch fühlt sie sich nicht gewachsen.

Zurück in Stuttgart sucht sie ihren Zahnarzt auf, damit er nötige Korrekturen vornehmen kann. Der begutachtet das Provisorium von vorne und von der Rückseite, rüttelt leicht am Zahn, schiebt seine Brille hoch auf die Stirn und schaut Julia mit merkwürdigem Gesichtsausdruck an.

„Respekt! Der Mann hat erstklassige Arbeit geleistet, ich hätte es nicht besser machen können."

Schwamm drüber

Gestern habe ich zu unserem monatlichen Weiberabend eingeladen. Acht jung gebliebene Frauen, leckeres Essen und sechs Flaschen erstklassiger Wein. Wie üblich haben wir uns gegenseitig durch den Kakao gezogen und Witze gerissen und hatten eine Menge Spaß. Nur einen Moment gab es, in dem ich die Contenance verlor. Das war, als die liebe Gudrun geradezu bösartig über mich herzog und mich eine vertrocknete alte Schachtel nannte. Sie hat uns dann früh verlassen.

Aber Schwamm drüber. Jetzt heißt es abwaschen! Auf der Ablage neben der Spüle warten acht Teller mit den Spuren von roter Spaghettisauce, dazu die entsprechenden Löffel und Gabeln, an denen noch der Parmesan in klebrigen Fäden hängt und die teuren Weingläser, alle mit fettigen Lippenstiftspuren. Daneben haben sich die Schälchen fürs Tiramisu, Kaffeetassen und Aschenbecher versammelt. Und die Töpfe natürlich, einer von ihnen groß und fettig, in dem sich noch zwei einsame Spaghetti an den Boden klammern. Der andere ist kleiner, dafür aber mit unappetitlichen Resten eingetrockneter Sauce verziert.

Ich lasse heißes Wasser ins Becken laufen, verdammt, ich habe den Stöpsel vergessen. Also noch einmal: heißes Wasser ins Becken laufen lassen, einen Spritzer duftendes Spüli dazu und feinporiger Schaum lädt ein zum Baden – pardon: zum Spülen. Und nun die Gläser eintauchen. Vorsicht! Die hohen Kelche mit den zierlichen Gravuren vertragen nur behutsame Spülhände, die mit dem Schwammtuch die Spuren roter Lippen beseitigen, danach die eingetrockneten

Weißweinreste aufweichen und den Stiel drehen... Da warens nur noch sieben! Mit spitzen Fingern fische ich zwei etwa gleich große Glasscherben aus dem Wasser. Hoffentlich bringen sie Glück, ich kann es brauchen. Wenn diese blöden Gläser sowieso zu Bruch gehen, muss ich sie auch nicht wie rohe Eier behandeln. Meine Bewegungen werden kühner, das Schwammtuch leistet ganze Arbeit und wunderbarerweise bleiben die restlichen Gläser heil. Jetzt die Schälchen und die Tassen und schon mal das Besteck zum Einweichen ins Wasser gelegt. Dabei fällt mir auf, dass die Temperatur merklich abgekühlt ist. Also wird der Hahn mit dem roten Punkt aufgedreht, und ein Schwall kochend heißes Wasser strömt ins Becken. Gut für die angetrockneten Parmesanfäden an den Gabeln, schlecht für meine linke Hand, die ich nicht mehr rechtzeitig in Sicherheit bringe. Nachher muss ich nach der Brandsalbe suchen.

Die acht Teller versinken im heißen Wasser, der Wasserspiegel steigt über den Beckenrand und die nun rot gefärbte Brühe flutet die schon sauberen Gläser. Habe ich schon gesagt, dass mich Geschirrspülen wahnsinnig macht? Mürrisch schrubbe ich die Teller, schichte sie so auf dem Ablaufbrett, dass sie tatsächlich abtropfen können und wende mich voller Ingrimm den Töpfen zu. Wer soll zuerst ertränkt werden, der große Fettige oder der kleine Krustige? Ich nehme mir den großen vor, ein weiterer kräftiger Spritzer Zitronenduft muss her, die betagte Bürste kommt zum Einsatz. Nun schwimmen die beiden Spaghetti einträchtig im Spülwasser, meine Finger sind schon ganz schrumpelig geworden.

Aber ich werde nicht vorzeitig aufgeben, nicht, bevor der kleine Krustige sauber abtropfen kann. Ich lasse ihm Zeit zu quellen und widme mich dem Besteck, das sich ohne Gewaltanwendung von den Käsefäden trennt. Das Spülwasser hat nun Geruch und Farbe venezianischer Kanäle angenommen, obwohl die eigentlich keine Rotfärbung haben. Scheuermilch kommt zum Einsatz und die Bürste und noch ein

Schwall heißen Wassers und siehe da, blitzender Edelstahl lässt die letzten Wassertropfen abperlen. Ich ziehe den Stöpsel an seiner Kette aus dem Spülbecken, das Wasser gurgelt durch den Abfluss, zurück bleibt ein öliger Film auf dem Boden der Spüle. Heißes Wasser und der erneute Einsatz der Bürste lassen auch ihn verschwinden.

Zufrieden blicke ich über das elegant gestapelte Geschirr und das tropfnasse Besteck. Für eine winzige Sekunde geraten meine Augen ins Taumeln, huschen erneut über die Löffel und Gabeln, suchen nach dem Steakmesser mit der schlanken, sauscharfen Klinge. Ich habe es benutzt, gestern, ich weiß es genau, um Zwiebeln zu schneiden für die Sauce. Nervös durchforste ich erst die Schubladen, dann mein Gehirn. Ganz deutlich erinnere ich mich, wie elegant es in meiner Hand gelegen und durch Fleisch geschnitten hat wie durch weiche Butter.

Eine Ahnung treibt mich hinüber ins Esszimmer, wo der ausgezogene runde Tisch noch immer darauf wartet, dass er wieder auf Normalgröße zusammengeschoben wird. Zögernd gehe ich um die Ecke Richtung Gästezimmer und siehe da, im Ohrensessel finde ich Gudrun, die auch wartet. Darauf nämlich, dass jemand das Steakmesser aus ihrem Brustkorb zieht, das bis zum Heft in ihrem wabbeligen Körper verschwunden ist. Selbst schuld dran, du alte Giftspritze, denke ich und ziehe es kraftvoll aus dem inzwischen steifen Fleisch. Es fühlt sich an, als würde die Klinge durch eine halbgefrorene Schweinelende schneiden.

Mit spitzen Fingern trage ich meine Beute hinüber in die Küche, lasse heißes Wasser über die Klinge laufen und schaue zu, wie das getrocknete Blut den Wasserstrahl rosa färbt, solange, bis alle Spuren beseitigt sind.

Fertig! Zufrieden koche ich mir Kaffee und buttere mir einen Toast, bestreiche ihn mit Quittengelee und nehme beides mit hinaus auf den Balkon.

Setze mich auf meinen Lieblingsplatz, wo mir die Sonne freundlich entgegenlacht und genieße mein Frühstück. Um die liebe Gudrun werde ich mich später kümmern.

Stille Nacht

Nellie versucht sich zu erinnern, wann ihr zuletzt so elend war. ‚Herr Meier‘ fällt ihr ein, ihr sandfarbener Rauhaardackel, er ist unter die Räder eines Traktors geraten, als sie sieben war. Auch damals wollte die Traurigkeit nicht enden. Sie hat große Lust zu heulen, wegen ‚Herrn Meier‘ und wegen... Nellie schnieft und wischt sich mit dem Ärmel über die Nase. An Weihnachten sollte einfach niemand alleine sein müssen.

In ihrer Wohnung nadelt kein geschmückter Baum vor sich hin, nicht einmal Kiefernzweige hat sie sich erlaubt. Und den Adventskranz hat sie bereits am letzten Sonntag entsorgt, als die Zwillinge damit herausrückten, dass sie dieses Jahr Weihnachten gerne mit ihrem Vater feiern würden. Und seiner neuen Frau. Sie hatten tatsächlich ‚Frau‘ gesagt, obwohl die beiden gar nicht verheiratet waren.

Nellie stellt sich ans Fenster und betrachtet missmutig den Wohnblock gegenüber. Vor dem flackernden Blassblau der Fernseher blinken bunte Lichterketten und scheußliche Weihnachtsmänner klettern die Fassade hoch. Sie seufzt noch einmal, vorsichtig, damit die in ihrer Brust lauernden Schluchzer nicht entkommen.

Sie ist jetzt noch stolz, dass sie ihren Töchtern mit einem Lächeln erklärt hatte, das sei doch überhaupt kein Problem. Sie würden halt am ersten und zweiten Festtag zusammen Weihnachten feiern. Das Lächeln war ihr allerdings eingefroren, als die beiden die Bombe platzen ließen: Die Neue hatte sie über die Feiertage in die Schweiz eingeladen. Nellie hatte ihnen versichert, sie fände es spannend, Weihnachten mal alleine zu feiern – die Mädchen hatten nicht einmal skeptisch geguckt.

Zuerst hatte sie mit der Weihnachtsveranstaltung der evangelischen Kirche geliebäugelt, sich dann aber dagegen entschieden. Genau wie gegen die Einladung ihrer Freundin, die Feiertage mit deren großer Familie zu verbringen. Sie war eine erwachsene Frau und es sollte doch zu schaffen sein, Weihnachten alleine zu verbringen. Andere konnten das auch.

Am frühen Nachmittag hat sie die Mädchen bei ihrem Ex abgeliefert. Mit Unbehagen denkt sie an die freundliche junge Frau an Rolands Seite und an die Selbstverständlichkeit, mit der die Zwillinge ins Haus gestürmt waren. Bei der Erinnerung an Rolands unbeholfenen Versuch, sie zu umarmen, könnte sie schon wieder in Tränen ausbrechen. Oder die Schere nehmen und alle seine Konterfeis aus den Fotoalben herausschneiden. Völlig überhastet war sie aufgebrochen und hatte zu Hause in einem Anfall von Arbeitswut alle ungeliebten Hausarbeiten in Rekordzeit erledigt. Jetzt ist nichts mehr zu tun.

Sie gießt sich ein Glas Wein ein, zappt durch die Kanäle, blättert in Zeitschriften, knabbert Salzmandeln, macht den Fernseher wieder aus. Sie ist unruhig. Und ihr ist kalt. Nellie schaltet das Licht aus, setzt sich in den bequemsten Sessel und deckt sich mit der alten Kinderdecke zu. Sie wünscht sich, ‚Herr Meier' würde es sich in ihrem Schoß bequem machen.

Die Lamettafäden fallen ihr ein, die sie als Kind liebevoll über alle erreichbaren Zweige hängte, während ihr Vater wie immer den Engel schief auf die Spitze steckte. Sie schließt die Augen und kann fast den Duft von Honigkerzen riechen. Als sie die Augen wieder öffnet, hat sich die Welt verändert. Finsternis wohin sie blickt. Kein Weihnachtsmann, kein Rentier blinkt zu ihr herüber, alle Fenster draußen sind dunkel.

Sie geht davon aus, dass es nur ein Stromausfall sein kann und heißt die Schwärze willkommen. Allmählich verkriecht sich der Lärm ihres täglichen Lebens in die Winkel des Zimmers und Stille beginnt wie silberfedriges Engelshaar im Raum zu schweben.

Eigentlich müsste sie sich fürchten. Aber seltsamerweise fühlt sie sich getragen, aufgehoben. Ihr Herz schlägt ruhig, der Atem fließt gleichmäßig, sie kann sich spüren, viel deutlicher als zuvor. Sie wird nicht untergehen! Die Erkenntnis raubt ihr beinahe den Atem.

An einigen Stellen im Haus gegenüber bewegen sich winzige Lichter. Eine brennende Kerze wird in ein Fenster gestellt, zwei weitere folgen. Auf der Straße werden Stimmen laut, kurzes Gelächter, eine Wagentür fällt ins Schloss. Auch in ihrem Haus regt sich jetzt Leben. Oben hört sie es rumoren, dann ein Poltern. Schneiders scheinen auf der Suche nach Streichhölzern zu sein. Nebenan flucht Herr Wieland in mindestens zwei Sprachen. Nellie meint so etwas wie „Krippel, damischer" zu verstehen und ein „Herrgott sakra".

Sie beginnt leise zu summen, sucht nach der Melodie, die Worte gesellen sich wie von selbst dazu: „Stille Nacht, Heilige Nacht. Alles schläft, einsam wacht..." Erst geniert sie sich ein bisschen, aber mit jedem Ton wird ihre Stimme fester.

Bei der zweiten Strophe muss sie passen. Stille. Dann erklingt aus der Nachbarwohnung die brüchige Stimme von Herrn Wieland: „Stille Nacht, Heilige Nacht. Gottes Sohn, oh wie lacht..." Nellie kann sich wieder an den Text erinnern, fällt ein, hübsch hört sich das Duett an. Der Alt von Frau Schneider aus dem ersten Stock gesellt sich dazu. Ein wenig zittrig zwar, aber dafür kennt Frau Schneider die dritte Strophe.

Das Lied ist zu Ende, die Sänger verstummen. Wieder Stille, verschämt diesmal.

Dann ertönt Applaus aus dem Treppenhaus, jemand klopft

23

an ihre Tür und an die von Herrn Wieland. Mit Kerzen bewaffnet haben sich die Schneiders auf den Weg nach unten gemacht. Sie laden ein zu Mohnstollen und Tee.

Die Farben des Waldes

Noch vor zwei Stunden war die Sonne alleinige Herrscherin am kobaltblauen Himmel. Aber dann war es ziemlich schnell düster geworden und grauschwarze Wolkenberge mit fahlgelben Rändern verschluckten nach und nach jeden Sonnenstrahl. Jetzt sind selbst die Vögel verstummt.

Marie kneift die Augen zusammen und mustert misstrauisch das Blättergewirr. Wie eine undurchdringliche Mauer liegt der Wald vor ihr. Und direkt über ihr steht die Gewitterfront. Sie hasst Gewitter. Beim letzten Blitz hat sie noch nicht mal bis zwei zählen können, bevor der Donner die Stille zerfetzte. Aber solange es nicht regnet, wird sie freiwillig keinen Schritt in dieses grüne Labyrinth setzen.

Im Nachhinein könnte sie sich ohrfeigen, dass sie Norman so gepiesackt hatte. Wieder mal. Aber die heiße stickige Luft im Wagen und das Dröhnen der Bässe aus den Boxen hatten sie aufgestachelt. Und als er sie schließlich anbrüllte, verlangte sie wutentbrannt, dass er anhielt und, kaum dass der Golf stand, riss sie theatralisch die Tür auf und stöckelte los Richtung Brachland, angelockt vom strahlenden Gelb des Löwenzahns.

Keine Sekunde zweifelte sie daran, dass er sie zurückholen würde. Norman war bisher immer zu Kreuze gekrochen. Sie hörte ihn rufen und drehte sich aufreizend langsam um. Zu ihrer Verblüffung heulte der Motor des aufgemotzten Golfs TDI einmal kurz auf und dann raste Norman davon. Die Staubwolke konnte man weithin sehen.

Sie setzte sich auf einen mickrigen Feldstein, schlug die Beine übereinander und beobachtete zufrieden, wie der Saum ihres kurzen Rocks bis ganz nach oben rutschte. Versuchsweise ließ sie den Träger ihres Tops über die Schulter gleiten und wippte erwartungsvoll mit dem Fuß, bis die Sandalette nur noch an einem Riemchen hing. Und wartete. Außer ihr keine Menschenseele weit und breit.

Na gut, am Himmel lärmten die Vögel, aber als sie einmal kurz die vom Starren müden Augen schloss, verstummte innerhalb kürzester Zeit aller Gesang. Hinter ihren Lidern zuckte ein Blitz auf, gleich darauf ein zweiter. Sie riss die Augen wieder auf und sah Blitze wie giftige Schlangen über den rußgrauen Himmel näher kriechen, gespenstisches Krachen im Schlepptau. Und kein Unterstand weit und breit. Bis an den Horizont verwilderter Acker und verbrannte Weideflächen, nur im Osten ein Streifen Wald. Einöde pur. Wütend starrte sie auf ihre hohen Absätze. Wie zum Henker sollte sie hier wegkommen?

Innerhalb kürzester Zeit wurde es so drückend schwül, dass der Schweiß ihr in kleinen Rinnsalen den Rücken hinunterrann, sich zwischen ihren Brüsten sammelte und den winzigen Slip tränkte. Am schlimmsten aber war der Durst.

Die Minuten verstrichen mit quälender Langsamkeit. Wenn Norman zurückkäme, würde sie ihn dafür büßen lassen. Aber Norman kam nicht zurück und langsam verlor sie die Geduld. Ganz kurz liebäugelte sie mit dem Gedanken, sich ein Taxi zu rufen und hätte sich dann am liebsten selbst eine runtergehauen: der verdammte Akku ihres Handys war leer, genau wie ihr Portemonnaie. Und außerdem hatte sie keinen blassen Schimmer, wo sie sich befand. Scheiße, Scheiße, Scheiße.

Halb betäubt von einem gewaltigen Donnerschlag hört sie das Motorengeräusch erst ziemlich spät. Vor Erleichterung wird ihr ganz flau im Magen, so dringend will sie weg. Der schwarze Wagen kommt um die enge Kurve geschossen und bremst abrupt, ungefähr da, wo vor einer Ewigkeit Norman mit seinem Wagen gestanden hatte. Aber es ist nicht Normans alter Golf, dieser Wagen ist tiefer gelegt, hat riesige Auspuffrohre und ringsum dunkel getönte Fensterscheiben.

Als das Motorengeräusch erstirbt, legt sich Stille wie ein Leintuch über den Nachmittag. Selbst der Donner verstummt für einen Moment. Marie hockt wie eingefroren auf ihrem Feldstein, starrt den Wagen an und verliert dabei jedes Zeitgefühl. Aber kein Fenster senkt sich, keine Tür öffnet sich. Der Wagen belauert sie wie ein bösartiges Tier. Als wäre sie seine Beute.

Mit einer einzigen Bewegung streift sie die Sandaletten ab und rennt los. Ihre nackten Füße trommeln ein Stakkato auf den staubigen Boden, aber die Bäume kommen nur sehr langsam näher. Ihre Lungen brennen, die Wadenmuskeln sind bis zum Zerreißen gespannt, garstige Brennnesseln malträtieren ihre Beine und von der Hitze gebackene Erdklumpen lassen sie stolpern.

Zuerst bekommt sie gar nicht mit, dass der Wagen davonbraust, weil ihr Herzschlag so laut in den Ohren dröhnt. Erst als sie ihn aus den Augenwinkeln wie einen dunklen Schatten hinter dem Waldrand verschwinden sieht, sackt sie ausgepumpt zusammen und schnappt krampfhaft nach Luft. Aber ein Blitz direkt über ihr und in seinem Gefolge ein mächtiger Donnerschlag bringen sie sofort wieder auf die Beine.

Und jetzt steht sie schwer atmend vor den ersten Bäumen und kann sich nicht entschließen einzutauchen in die Wand aus Blättern und Zweigen. Solange sie zurückdenken kann, hat sie sich vorm Wald gefürchtet. Wie von selbst schärfen sich ihre Sinne, sie nimmt Witterung auf wie ein Tier.

Das Gewitter nimmt ihr die Entscheidung ab. Der Himmel öffnet seine Schleusen ohne Vorwarnung und lässt die Welt im Regen ertrinken. Nass bis auf die Haut schiebt Marie die tiefhängenden Äste einer Eiche beiseite und zwängt sich unter das schützende Blätterdach. Weiß nicht wohin in dieser tropfenden Düsternis und rennt einfach weiter, bis sie strauchelt und einen Abhang hinunterrutscht.

Zum Glück dämpft eine mit trockenem Laub gefüllte Mulde den Aufprall. Erschöpft bleibt sie liegen, rollt sich auf die Seite und zieht die Beine an, so wie sie es als Kind gemacht hat. Wie in einem Nest liegt sie da. Der Geruch von Pilzen und feuchtem Waldboden dringt in ihre Nase und zum ersten Mal an diesem Nachmittag lässt ihre Anspannung nach. Ihr Atem wird langsam ruhiger und das monotone Trommeln des Regens auf dem Blätterdach lullt sie ein.

Unter halb geschlossenen Lidern betrachtet sie träge ihre Umgebung und ist bestürzt, wie gut der Mann im Tarnanzug mit dem Wald verschmilzt. Nur die schwarzglänzenden Stiefel verraten ihn.

Apoll

Mit ausgestreckten Händen, die Handfläche nach oben, trägt Agnes den Spankorb wie eine Opfergabe vor sich her. Sie eilt über die gekiesten Wege ohne nach rechts oder links zu schauen, würdigt weder die duftig leichte Schönheit des Schlossparks, noch erlaubt sie sich, den Korb abzusetzen und kurz zu verschnaufen. Bevor die Eingangstore geschlossen werden, bleibt ihr nur eine halbe Stunde Zeit. Außer Atem erreicht sie den alten Wehrturm und setzt den Korb vorsichtig ab, reibt sich die schmerzenden Arme. Zum Glück hat sie an die Blumenkelle gedacht.

Es ist immer noch ätzend heiß und die schütteren Haare kleben Agnes an der Kopfhaut, noch bevor sie angefangen hat zu graben. Der Boden ähnelt einem Steinacker und ist knochentrocken, und die verdammte Schaufel verbiegt sich schon beim ersten Aushub. Sie versucht abzuschätzen, wie groß das Loch werden muss und vor allem, wie tief. Sie könnte natürlich nachsehen, aber dann müsste sie aufstehen und...

„Was zum Henker machen Sie da?"

Ein Mann in grüner Latzhose hat sich unbemerkt angeschlichen und starrt sie grimmig an.

„Was geht Sie das an, verdammt?"

Agnes bellt genauso unfreundlich zurück.

„Weil ich der Gärtner bin und hier nichts ohne meine ausdrückliche Erlaubnis passiert. Was. Also. Machen. Sie. Da?!"

Mit puterrotem Kopf schiebt er seine Schubkarre so energisch auf sie zu, als wolle er sie damit überfahren.

„Ich schaufle ein Grab."

Mühsam stemmt Agnes sich hoch und stellt sich ihm in den Weg.

Abrupt setzt der Mann die Schubkarre ab und legt sein Gesicht in ungläubige Falten. „Aha. Und für wen?"

„Für Apoll".

Der Gärtner starrt auf das mickrige Loch zu Agnes Füßen und fragt: „Ein Zwerg?"

„Ein Dackel", antwortet sie und muss mit den Augen plinkern.

„Alt?"

„So wie ich." Eine Weile ist nur ihr Schniefen zu hören.

Der Gärtner scharrt unschlüssig mit den Stiefeln, greift nach dem Spaten in seiner Schubkarre und hebt ein Loch aus, das groß genug wäre für einen Schäferhund. Dann dreht er sich um und sucht das Weite.

Agnes holt den Spankorb mitsamt Apoll und versenkt beides im Boden, löst das geblümte Seidentuch von ihrem Hals und drapiert es liebevoll über den kleinen steifen Hundekörper. Dann verteilt sie mit gleichmäßigen Bewegungen den Aushub über dem Grab, eine Schaufel Erde, ein paar Worte des Abschiednehmens, Erde, Worte. Ihre Tränen lassen das Grau des Bodens aussehen wie fruchtbare Erde.

In aller Ruhe plündert sie eine Blumenrabatte in der Nähe des Springbrunnens, pflanzt die erbeuteten Stiefmütterchen kreisförmig um Apolls Grabstätte und gibt ihnen tüchtig Wasser, bevor sie den Spaten schultert und sich an die Fersen des Gärtners heftet. Es ist bereits nach sechs, er muss ihr noch das Tor aufschließen, sonst muss sie Nachtwache an Apolls Grab im Park schieben.

Gerettet

Für den Heiligen Abend waren milde Temperaturen angekündigt. Zum Glück hat Hermann nicht auf den Schwachsinn gehört, sondern sich warm angezogen. Gefütterte Hosen, wasserdichte Regenjacke und eine Fellmütze auf den Ohren. Sein Kumpel Ali trägt das Übliche, dünne Jeans und eine leichte Windjacke, seine schäbige Cap, die er nicht mal zum Schlafen absetzt. Vor Kälte stolpert er mehr, als dass er läuft.

Ein teuflischer Wind fegt über den Strand, zerrt an den krummen Kiefern hinter den Dünen. Die Männer sind hungrig und müde, zehn Stunden lang haben sie Berge von schmutzigem Geschirr im „Strandkönig" gespült. Sandkörner prasseln auf sie ein und Hermann hat Mühe sich zu orientieren. Ali entdeckt ihre Behausung zuerst, er hat Augen wie ein Sperber.

Im Herbst haben sie zwei ausrangierte Strandkörbe geschenkt bekommen, weil sie beim Auf- und Abbau der Strandkorbkolonie geholfen und zwischendurch Müll gesammelt haben. Die wuchtigen Körbe sind über Eck aufgestellt, damit sie besser vor dem eisigen Wind schützen.

Im schwachen Licht ihrer Laterne sieht Ali noch grauer aus als sonst. Keine Ahnung, wie alt er ist, höchstens 25 Jahre, mehr bestimmt nicht. Mit 18 zum Bund, sich hochgedient und dann ab nach Mali. Kaputt zurückgekommen. Vermutlich heißt er nicht Ali, aber was bedeuten schon Namen.

Sie zerren die schützenden Abdeckungen von den Körben und lassen sich auf die Sitze fallen, kramen in den Taschen und Tüten. Der Sous-Koch hat Reste eingepackt: Rosenkohl in Käsesauce, trockene Endstücke von getrüffelter Salami und Spinatsalat mit Ei. Die Schweinelende hat der Geizkragen nicht rausgerückt. Ali verzieht das Gesicht. Greift in seine Jackentaschen und präsentiert zwei Flaschen: einen 2017er Rotwein und achtzigprozentigen Rum. Hermann schüttelt sich angewidert. Er hat gestandene Männer schon beim ersten Glas heulen sehen, wie will diese halbe Portion da eine ganze Flasche überleben? Da sind ihm seine Colaflaschen lieber, er hat sich schon lange nicht mehr die Kante gegeben.

Ali nimmt einen Schluck und ringt nach Atem, wischt sich über die Augen. In seinen Hustenanfall mischt sich ein anderes Geräusch, kaum auszumachen im Brausen des Windes. Schnell löschen sie die Laterne. Sitzen steif in ihren Körben und versuchen, etwas zu erkennen. Die Umrisse eines imposanten Tieres tauchen aus dem Dunkel auf, die Augen leuchtend wie Bernstein. Gescheckter Pelz wird sichtbar, ein mächtiger Kopf und gespitzte Ohren, der Körper zum Sprung geduckt und sie haben nicht mal eine Waffe. Das Vieh bellt wie ein Schäferhund und eine weibliche Stimme zischt: „Ruhig, Prinz, das ist bestimmt nur eine Katze." Aber die Besitzerin der Stimme scheint selber nicht daran zu glauben.

Ali sackt in sich zusammen, nimmt einen Schluck und ist für eine Weile nicht ansprechbar. Hermann erbarmt sich: „Ich kann Sie beruhigen, wir sind keine Katze. Wir beißen auch nicht!" Prinz bellt wie verrückt.

Hermann hält sich ein Feuerzeug vors Gesicht und deutet einen Diener an, nennt seinen Namen, leuchtet hinüber zu seinem Kumpel: „Und das ist Ali." Ali sieht im Schein der Flamme aus wie ein verschreckter Konfirmand. Hund und Besitzerin nähern sich, der eine stürmisch, die andere vorsichtig. Die Frau ist eher ein Mädchen und verschwindet fast unter ihrer plüschigen Kapuze, auf ihrem Rücken hängt ein grüner Rucksack.

„Was machen Sie hier draußen in so einer Nacht?", will sie wissen. „Warum sind Sie nicht zu Hause?"

„Das ist unser Zuhause", antwortet Hermann und seine Stimme schwankt nur ganz leicht. „Und warum bist du nicht zu Hause?", fragt er zurück, kann sich nicht zu einem Sie aufraffen.

„Ich bin abgehauen", sagt das halbe Kind und reckt energisch das Kinn.

Keiner sagt ein Wort. Ali schält sich aus seinem Schlafsack, schraubt die Rumflasche zu und lässt sie verschwinden. Sieht plötzlich fast so jung aus wie das Mädchen, Hermann dagegen fühlt sich wie sein eigener Großvater. Und so klingt er auch: „Abgehauen, aha, und wo willst du hin?"

Das Mädchen zuckt mit den Schultern, schiebt sich ein Stück näher. „Warum sitzt ihr im Dunkeln? Warum habt ihr kein Feuer? Mir klingeln vor Kälte die Ohren."

Die beiden Männer schauen sich verdutzt an, ja, warum eigentlich? Feuerzeug ist vorhanden und Brennbares dürfte haufenweise im Wäldchen liegen. Sie bitten das Mädchen in ihre Mitte, raus aus dem schneidend kalten Wind. Der Hund kommt als erster, beschnüffelt die Strandkörbe und zieht die Lefzen hoch, als er beim Rum ankommt, lässt sich trotzdem vor Alis Strandkorb nieder. Der springt auf, rafft seine Habseligkeiten zusammen und fragt Hermann, ob er sich bei ihm einnisten kann. Der nickt gottergeben.

Das Mädchen stellt den Rucksack ab, schiebt die Kapuze vom Kopf und fährt sich durchs Haar, das im Licht eines einsamen Sternes wie eine Sternschnuppe leuchtet. Ali ergreift die Flucht, brabbelt etwas von Brennholz suchen und stürzt in die Nacht, der Hund auf seinen Fersen. Hermann nutzt die Gelegenheit, die Kleine auszuhorchen. „Wieso bist du abgehauen? Gab's keine andere Möglichkeit?"

„Meine Eltern sind Mörder!"

„Aha. Warum?"

„Weil sie ihn bei lebendigem Leibe kochen wollten!"

„Wen, um Gotteswillen?"

Sie fingert am Rucksack, in den augenblicklich Leben kommt. „Ihn!" Ihre Stimme vibriert vor Empörung. Mit einem Griff befördert sie das Objekt ihrer Klage ins Freie. Hermann erkennt ein Prachtexemplar von Nordseehummer, die bläulich gefärbten Scheren mit Gummibändern zusammengehalten, die Fühler in heftigem Aufruhr. Er verkneift sich jeden Kommentar, nur sein Magen knurrt. Sie kann es hören und beobachtet ihn argwöhnisch, noch mehr aber Ali, der gerade mit Armen voller Äste und Kiefernzapfen zurückkommt und auf den Hummer starrt. Die Männer wechseln einen raschen Blick.

„Denkt nicht mal daran", das Mädchen faucht wie eine Wildkatze, „ich hab den Hummer doch nicht gerettet, damit ihr euch mit ihm den Wanst vollschlagt!"

Ali gibt sich als erster geschlagen und fragt so neutral wie möglich: „Äh, zuerst den Hummer freisetzen oder am Feuer wärmen?", obwohl er ihre Antwort zu kennen glaubt.

„Vorschlag zur Güte: Hermann macht ein Feuer und wir beide bringen den unglücklichen Kerl zurück ins Wasser. Und Prinz bewacht den Rucksack."

Sie sieht ausgesprochen zufrieden aus, sagt: „Ich bin Tina!", als würde sie ein Geheimnis verraten.

Die beiden Männer nicken, der Hund nickt auch, lässt keinen Blick vom Rucksack und sabbert vor sich hin. Tina schnappt sich den Hummer und Ali, der ohne Sinn und Verstand hinter ihr herstolpert.

Hermann braucht nicht lange fürs Feuermachen. Unter den argwöhnischen Blicken des Hundes inspiziert er die Schätze in Christinas Rucksack. Geräucherte Entenbrust, eine italienische Salami mit Fenchel, Gänserillet im Schraubglas, ein Riesenstück Brie de Meaux, ein Gläschen Kaviar und sechs gekochte Eier, sogar einen Salzstreuer findet er im Rucksack. Dazu zwei Handvoll Pellkartoffeln. Und als krönender Abschluss lacht ihn aus den Tiefen des Rucksacks ein Schraubglas mit roter Grütze an. Die Vanillesauce obendrauf hat sich schon einen Weg in die Tiefen der roten Früchte gebahnt.

„Damit lässt sich doch was anfangen", murmelt er und kramt schon mal nach der Bratpfanne.

Jagdgründe

Gerade verkündet die Glocke der St. Hyronimus-Kapelle die vierte Stunde, ihr müder Ton weht wie Spinnfäden über den See. Das Tuckern des Motors robbt ihm schwerfällig hinterher. An manchen Stellen bedecken Dunstschleier die Wasseroberfläche wie graue Gespenster. Weit und breit ist kein anderes Boot in Sicht. Der Bodensee schläft noch den Schlaf der Gerechten.

Die Liebe zu ihm und zur Fischerei war alles, was mein Vater zum Leben brauchte. Bei mir ist es nicht anders. Bis zum heutigen Tag.

Der Himmel ist von einem verstockten Schwarzgrau, das Licht hält sich zurück, spielt mit dem Dunkel. Es ist Neumond und kaum ein Stern lässt sich blicken. Von weit her steigt das Krürr-Krürr aus dem Röhricht auf, bemüht sich, den Morgen zu locken. Nach ein paar Rufen verstummt sie wieder, nur das Nageln des Motors ist zu hören. Der Bug der ,Magda' teilt die ruhige Wasseroberfläche, ich lasse die Linke durch die schäumenden Wellen am Heck gleiten. Das Wasser ist warm, selbst hier, in der Mitte des Sees.

Seit drei Wochen ist es so unerträglich heiß, dass die Feriengäste zunehmend die Lust am Baden im See verlieren. Stattdessen verbarrikadieren sie sich in ihren Zimmern und Ferienwohnungen oder lassen sich vom zaghaften Wind über den Bodensee treiben. An vielen Tagen hissen so viele Boote die Segel, dass der See an eine weißgezackte Drachenhaut erinnert. Erst am frühen Abend versammeln sich die Urlauber wieder unter den Sonnenschirmen der Hotelterrassen und futtern sich durch die Speisekarten.

Seit zwei Jahrzehnten überlasse ich es den Kollegen, im Sommer die umliegenden Restaurants mit Felchen, Saibling und Hecht zu versorgen. Ich arbeite lieber nachts, konzentriere mich auf den Fang der düsteren Bewohner des Bodensees.

Für die frühen Morgenstunden hat der Wetterbericht schwere Gewitter vorhergesagt, eine willkommene Abwechslung in dieser mörderischen Hitze. Obwohl sich im Osten bereits ein schmaler grauer Streifen zeigt, weigert sich die Nacht aufzugeben. Lässt den Wind auffrischen und drängt die Dämmerung energisch zurück, bauscht sie auf zu düsteren Wolkengebirgen. Vereinzelte Böen lenken den Flug der ersten Schwalben über die Wasseroberfläche und die ‚Magda' legt an Geschwindigkeit zu. In einer halben, spätestens in einer Stunde wird das Gewitter direkt über dem See stehen. Hoch-Zeit für die Aale, ich muss mich beeilen.

Je näher wir dem gegenüberliegenden Ufer kommen, desto stärker wird das Echo des Außenborders zurückgeworfen. Im Zwielicht der Dämmerung erinnert der Schilfgürtel an einen blassgrünen Scherenschnitt. Sein undurchdringliches Ufer bietet Wasservögeln, Amphibien und sonstigem Getier ein perfektes Versteck.

Bei meinem wöchentlichen Bierchen im „Seeblick" mache ich mir hin und wieder einen Spaß daraus, den Hobbyanglern zuzuhören. Die meisten sind nicht gut auf den Aal zu sprechen, beleidigen ihn als ‚schleimigen Schlängler' und mokieren sich darüber, dass kaum jemand einen fängt. Idioten, alle zusammen. Alleine schon Wörter wie ‚fangen' und ‚erwischen' sind der reine Hohn: Der Aal kämpft erbittert um sein Leben und immer wieder muss ein Angler mit tiefen Schnittverletzungen an den Händen zum Arzt, weil sein Fang nicht willens war, sich von einem scharfen Messer das Rückgrat durchtrennen zu lassen.

Im Vergleich zu diesen Banausen ist der Aal ein verdammt schlauer Kerl. Im seichten Uferbereich wartet er geduldig im Wurzelwerk oder in anderen Verstecken auf seine Beute. Manchmal buddelt er sich auch tief im Morast ein und verwandelt sich zu einem unsichtbaren Jäger. Dort, zwischen Wurzeln und Schlamm, kann man die prächtigsten Exemplare erwischen.

Ich steuere das Boot direkt auf die Stellen zu, wo für gewöhnlich meine Reusen liegen. Ein idealer Platz. Die Vegetation hier ist derartig dicht, dass alles Getier perfekte Verstecke findet. Zudem sorgen überhängende Bäume für ständigen Schatten. Schatten verwischt Konturen, macht unsichtbar.

Lange Zeit dachte ich, das Wissen über die Lieblingsplätze der Aale würde eines Tages mit mir sterben, aber dann war Kurt im letzten Herbst in unserem Leben aufgetaucht. Genauer gesagt, tauchte er im Leben von Rosie und Merle, meiner Enkelin, auf. Ich habe mich ehrlich gefreut über den neuen Mitbewohner. Rosie und Merle blühten auf, ihr Lachen fand wieder den Weg aus dem Anbau herüber zu mir ins alte Haupthaus.

Obwohl Kurt ein Studierter war, hatte er ein Händchen fürs Fischen. Nur vom Aalfang hatte er keinen blassen Schimmer. Ich brachte ihm alles bei, was man über diese außergewöhnlichen Kreaturen wissen muss.

Aale fressen vor allem nachts und in der Dämmerung und ziehen sich am Tage in ihre Verstecke zurück. Und von dieser Taktik gibt es nur eine Ausnahme: wenn nämlich ein heftiges Gewitter aufzieht. Dann warten sie voller Gier auf all die kleinen Tiere, die durch die Sturzbäche ins trübe Wasser geschwemmt werden, egal ob Tag oder Nacht. Aale lieben lebende Beute.

Rosies Neuer fuhr gerne mit hinaus auf den See und ich teilte alles mit ihm, meine Zeit, meine Erfahrung, mein Boot.

Selbst an dem Gewinn hätte ich ihn beteiligt, aber Kurt unterrichtete Sport und Chemie an einem Gymnasium und brauchte keine Almosen von mir.

Ich mochte ihn. Auch dafür, dass er der erste Mann mit einem vernünftigen Beruf war, den meine Tochter Rosie nach Hause brachte. Nicht so einer wie Kemal.

Kemal war ein Nichtsnutz gewesen, wie er im Buche steht, und trotzdem hing noch ein Bild von ihm in meiner Stube. Denn etwas Gutes hat Kemal in seinem Leben zustande gebracht: Merle, meine Enkelin.

Neben seinem Foto finden sich jede Menge Porträts von ihr, als Baby, als Kleinkind. Das größte von allen zeigt sie mit Ranzen und Schultüte und ihrer ersten Zahnlücke, die sie stolz präsentiert. Sie ist ein Ebenbild ihrer Mutter und ihres Vaters: helle, fast durchscheinende Haut und die kleine Nase bedrängt von Sommersprossen, Augen wie Nougat und eine Mähne dunkler Haare, die nicht aus unserer Familie stammen. Merle, mein Wildfang. Meine Freude.

Als Kemal und Rosie sich im Frühherbst trennten, entbrannte ein aberwitziger Kampf um die Kleine, aus dem Rosie als Siegerin hervorging.

Kurt dagegen war ein reifer Mann, fast zehn Jahre älter als meine Tochter, aber das war kein Nachteil, im Gegenteil. Er war sehr liebevoll zu ihr und Merle. Und er ließ mir genug Raum für meine Rolle als Großvater. Zumindest am Anfang. Aber dann wurde aus den Dreien mit atemberaubender Geschwindigkeit eine verschworene Gemeinschaft. Ständig gluckten sie zusammen und schotteten sich ab in dem Anbau, der wie ein eckiges Schwalbennest an meinem Haus klebt. Eines muss ich aber zugeben: Kurt gab sich die größte Mühe, ein guter Vater zu sein.

Trotzdem war es schon komisch, nicht mehr dazuzugehören, Außenstehender zu sein im eigenen Haus. Für mich blieben meist nur Pflichten übrig. Sie in die Schule zu fahren oder zum Turnen, zum Blockflöten-Unterricht. Merle und ich mussten uns die Zeit stehlen, um etwas zusammen zu unternehmen. Im späten Frühjahr habe ich ihr das Schwimmen beigebracht und wir hatten eine Menge Spaß.

Ich stelle den Motor aus und die ‚Magda' treibt noch ein paar Meter, kommt im perfekten Abstand zum Ufer zum Stillstand, wiegt sich unmerklich im Wasser. Punktlandung, würden die Fallschirmspringer sagen. Und wieder fällt mir eine der sogenannten Prüfungen ein, die Kurt mit Bravour bestanden hat.

„Warum", hatte ich gefragt, „findet man die Aale meist in Ufernähe und nicht mitten im See?"
„Weil sie scharfe Strömung hassen. Weil es dort viel schwieriger ist, der Duftspur ihrer Beute zu folgen. Aale verlassen sich nicht auf ihre Augen, sondern auf ihren Geruchssinn. Der ist unglaublich gut entwickelt, viel feiner als der eines Hundes. Und wenn sie erst einmal die Witterung ihrer Beute aufgenommen haben, folgen sie ihr gnadenlos bis zum Ziel!" Ich kam gar nicht dazu eine weitere Frage zu stellen. „Erfahrene Angler stechen mit dem Messer mehrmals in die Köderfische, damit die Körpersäfte heraussickern und schon hängt der Aal sozusagen am Haken." Jetzt grinste Kurt: „Du aber, Karl, du bist noch viel schlauer. Benutzt kleine Leberstückchen, um sie anzulocken, die Delikatesse schlechthin!", und boxte mir anerkennend gegen die Schulter.

Der Montag vor vier Wochen unterschied sich in nichts von seinen Vorgängern. Außer, dass Merle um halb acht zum ersten Mal mit dem Schulbus fuhr, stolz wie eine Spanierin. Mein alter Corsa hatte ums Verrecken nicht anspringen wollen und deshalb kutschierte ich sie auf dem Gepäckträger von meinem Hollandrad bis zur Schulbushaltestelle an der Landstraße. Ich wartete mit ihr auf den Bus und bin dann schnell wieder zurückgeradelt.

Eines meiner Netze hatte sich zwei Wochen vorher unglücklich in einer Wurzel verfangen und ich war bis jetzt nicht dazugekommen, das üble Loch zu flicken. Ein verdammter rheumatischer Schub hatte meine Hände lahmgelegt. An diesem Morgen aber war ich aufgewacht und konnte mit den Fingern wackeln und sie krümmen und nichts tat weh. In meinem Alter sind das Sternstunden.

Eilig verzog ich mich mit dem schweren Netz an eine schattige Stelle auf dem Hof, holte einen Hocker, suchte Netznadel, Garn und ein scharfes Messer zusammen und machte mich an die Arbeit.

Aber der Riss war größer als gedacht und bis um halb zwölf hatte ich gerade mal dreiviertel der Arbeit erledigt. Ungern wollte ich pausieren und später weitermachen, weil am Nachmittag die Sonne unbarmherzig in das gemauerte Geviert knallen würde. Ich bat meinen Schwiegersohn in spe, die Kleine um viertel nach zwölf mit dem Rad an der Schulbushaltestelle abzuholen. Kurt besaß kein Auto, hatte nie den Führerschein gemacht. Da montags sein Unterricht erst um 14 Uhr anfing, blieb ihm auch noch genug Zeit, um in Ruhe Mittag zu essen. Zufrieden kehrte ich zum Netz zurück und machte weiter mit meiner Flickerei.

Als Rosie um eins von der Frühschicht nach Hause kam, waren Kurt und Merle noch nicht zurück. Als sie kurz nach halb zwei den Herd abstellte, war das Mittagessen längst zu etwas Unappetitlichem zerkocht. Ganz still saßen wir am Küchentisch und beobachteten, wie der große Zeiger der Uhr die Minuten fraß. Kurz nach zwei wollte Rosie den beiden mit dem Wagen entgegenfahren, aber der Anlasser weigerte sich noch immer anzuspringen. Ich hatte schon die Nummer der örtlichen Polizeistation ins Telefon eingegeben, als Kurt kurz vor halb drei angeschossen kam. Alleine. Noch im Absteigen ließ er das Rad fallen und begann zu brüllen wie ein Stier, das Gesicht blutig und nass vor Schweiß, die nackten Knie aufgeschürft.

In dem Moment hätte ich meine Seele dafür gegeben, einfach sitzen bleiben zu dürfen auf meiner Bank. Nichts hören, nichts sehen. Vor allem nichts wissen. Rosie war stärker, sie trat vor mir hinaus auf den Hof und wischte sich unablässig die Hände am Rock ab, die Augen auf Kurt gerichtet.

Was zum Teufel los sei, wollte ich dann doch wissen und griff dabei unwillkürlich nach dem aufgespannten Netz. Mein Unterbewusstsein schien schon vor mir zu wissen, dass ich etwas zum Festhalten brauchen würde.

Zuerst war Kurt kaum zu verstehen, weil er im Hof hin und her rannte, hin und her und dabei schrie – man hätte es auch für Weinen halten können. Ich verpasste ihm eine Ohrfeige und sofort ließ er sich stumm auf die Bank neben der Haustür fallen. Aus den Augenwinkeln bekam ich mit, dass sich Müllers Fred von gegenüber aus dem Fenster lehnte und neugierig zu uns herüberstierte. In dem Moment hasste ich ihn.

Ich packte Kurt an den Schultern und schob ihn ins Haus, zerrte Rosie hinter mir her. „Der Sauhund hat Merle!" Jetzt schrie Kurt wieder und schüttelte dabei meine Rosie wie einen nassen Sack und ließ sie erst los, als ich drohend die Fäuste hob.

Kurt war zu spät an der Haltestelle angekommen, weil ein dämlicher Ast sich in den Speichen des Vorderrads verfangen hatte. Kopfüber war er über den Lenker geflogen und dann über den Schotterweg geschrammt.

„Ein alter Campingbus steht mit laufendem Motor an der Bushaltestelle, der ist so laut, dass ich ihn schon von weitem gehört habe. Merle und der Fahrer unterhalten sich und Merle lacht und ich denke, es ist einer der anderen Väter, weil er mir so bekannt vorkommt." Kurt redete rasend schnell und versprühte dabei winzige Speicheltropfen.

„Ich will mein Fahrrad abstellen, da kriege ich aus den Augenwinkeln mit, wie der Kerl Merle mit beiden Händen an ihrem Schulranzen packt und hochhebt und in den Bus schmeißt wie einen Sack Kartoffeln. Die Tür zuschieben, um den Wagen rumrennen und einsteigen ist eins. Der Schweinehund sieht kurz zu mir rüber, grinst spöttisch und hebt grüßend die Hand. Scheißtürke, verfluchter." Kurt flennte und ich spürte so etwas wie Mitleid mit ihm, gepaart mit einer brennenden Wut, dass der Kerl sich hatte Merle stehlen lassen.

„Und du, was hast du gemacht, du Scheißer?" Ich wollte jemandem wehtun, warum nicht Kurt.

„Was ich gemacht habe? Ich bin dem Mistkerl hinterher. Extra langsam ist er gefahren, damit ich mit meinem Rad auch ja den Anschluss halten kann. Irgendwann hat er genug von dem Spielchen, hupt zum Abschied und gibt Gas. Abgehängt hat er mich, das Schwein." Kurts Stimme wurde schrill.

Ich rief die Polizei an und wurde sofort mit der Kriminalpolizei verbunden.

Die Kriminalbeamten arbeiteten schnell und effizient. Sie informierten ihre Kollegen in Österreich und der Schweiz und schrieben Kemal zur Fahndung aus. Kurt hatte ihn eindeutig anhand des Fotos in meiner Stube identifiziert. Er gab auch eine gute Beschreibung des Busses ab, aber das war's dann auch schon, nicht einmal das Kennzeichen hatte er sich gemerkt! Der leitende Beamte tröstete ihn, das Gedächtnis sei manchmal unberechenbar und würde schon wieder funktionieren, er müsse sich nur Zeit lassen. Was für ein Irrtum! Das alte Foto von Kemal und das aktuellste von Merle nahmen die Beamten mit. Es erschreckte mich zutiefst, dass es meine Enkelin genau so zeigte, wie sie am Morgen das Haus verlassen hatte: in ihrem Jeansrock mit den weißen Tupfen drauf und einem passenden Blüschen, nur mit umgekehrten Farben. Der Schulranzen fehlte auf dem Bild: hellblau mit ihrem Namen in rosa Druckbuchstaben auf der Rückseite. Die fünf Gänseblümchen hatte ich vor ihrem ersten Schultag drauf gemalt.

Ich hatte schon den Hörer in der Hand, um am Flughafen Friedrichshafen ein Ticket für den nächsten Flug in die Türkei zu buchen und den Scheißkerl zu suchen. Aber dann fiel mir ein, dass wir keine Ahnung hatten, ob und wo es Angehörige in der Türkei gab, bei denen er Unterschlupf finden könnte. Oder die uns unterstützen konnten bei der Suche nach Kemal. Als ich Rosie fragte, schüttelte die nur mutlos den Kopf. Seine ganze Familie war bei einem Erdbeben ums Leben gekommen.

Der Wind frischt auf, wird böig. Über den Alpen sehe ich erstes Wetterleuchten. Ich lehne mich über Bord und beobachte die schlangenähnlichen Körper und ihre dunklen Schatten über dem schlammigen Grund. Kapitale Burschen. Mein bisher größter Fang war einen Meter lang und dick wie ein Männerarm gewesen. Im Vergleich dazu haben einige Exemplare da unten fast monströse Ausmaße.

An jenem Montag brach unser Leben auseinander. Kemal hatte sich seine Tochter geholt und Rosi zog sich mehr und mehr von Kurt und mir zurück. Sie hörte auf zu sprechen. Dafür redete Kurt ohne Unterlass über die Entführung, als könnte er sich damit freisprechen von jeder Schuld.
Ich flüchtete mich auf mein Boot und schlief die meisten Nächte auch darauf, obwohl mir morgens jeder Knochen wehtat. Tagsüber verbarg ich mich mit der ‚Magda‘ im Schilf und haderte mit Gott. Nichts geschah. Später dann versuchte ich mit ihm zu verhandeln: Wenn Merle wieder zurückkommt, dann... Ja, was dann? Gott wusste, dass ich ihm nichts zu bieten hatte, nichts, was wertvoll war, nichts, was er hätte haben wollen.
Gott hielt es nicht einmal für nötig, mir zu antworten.
Die beiden Flüchtigen waren wie vom Erdboden verschluckt, offenbar hatte Kemal ein perfektes Versteck für sich und seine Tochter gefunden. Die Kripobeamten hörten

auf, uns Hoffnung zu machen. „Türkei, Sie wissen schon...“
Rosie und ich verbrachten die Tage und Nächte mit Warten, stumm und jeder für sich alleine. Wie Kurt mit der Verzweiflung fertig wurde, war uns beiden egal.

Ich mache den Motor aus, lasse das Boot ausgleiten, es dümpelt jetzt in der Nähe des Ufers. Die Rohrkolben und Wasserlilien wispern leise und es klingt wie das Streicheln über trockene Haut, ich muss an Magda denken. Wie gut, dass meiner Frau das alles erspart geblieben ist.
Mit einem Paddel schiebe ich das Boot näher ans Schilf, greife nach einem der mitgebrachten Aluminiumrohre und tauche es versuchsweise ins Wasser, kann damit aber den schlammigen Grund nicht erreichen. Zu kurz also, ich lege es zurück ins Boot, wähle ein längeres Rohr, mache erneut die Wasserprobe und wirble diesmal mit dem einen Ende den Bodensatz auf, ohne dass die obere Öffnung voll Wasser läuft. Perfekt. Das Rohr hat einen Durchmesser von zwei Zentimetern, das muss reichen.
Die Wasseroberfläche kräuselt sich im Wind, der mächtig aufgefrischt hat und das Boot fängt an zu schaukeln, ein erster Donnerschlag ist zu hören, verfolgt von einem zweiten. Zeit, meine Arbeit zu verrichten.

Gestern Vormittag habe ich meinem Haus mal wieder einen Besuch abgestattet, fühlte mich schmutzig nach den Tagen und Nächten auf dem Boot und wollte duschen, mir das Elend von der Haut schrubben. Rosie war auf einer Fortbildung. Sie hatte es aufgegeben, sich weiter zu verkriechen. Und das Schlafzimmer mit Kurt zu teilen.
Ich stapfte hinunter in den Keller und stolperte den dunklen Gang entlang zur alten Waschküche, um meine stinkenden Klamotten loszuwerden.
Bis Mitte der sechziger Jahre hatte meine Frau einmal im Monat den alten Waschkessel aus Zink angeheizt, die Weiß-

wäsche in Lauge eingeweicht und sie mit dem schweren Holzlöffel so lange gestampft, bis das Wasser anfing zu kochen und aller Schmutz verschwunden war. Später wusch sie im gleichen Wasser meine Arbeitskleidung. In die Waschmaschine oben im Bad kamen nur Hemden und Blusen, egal, was ich dazu sagte. Da blieb sie stur, meine Magda. Seit ihrem Tod vor vier Jahren hatte niemand mehr den Raum richtig sauber gemacht. Die Kacheln starrten vor Fliegendreck und von der Decke hingen die Spinnweben wie düstere Invasoren. Ich ekelte mich davor, meine Kleidung auf den schmierigen Boden zu werfen, egal, wie dreckig sie war. Aber hier unten gab es weder Tisch noch Stuhl oder sonstige Ablagemöglichkeiten, nur den alten Waschkessel, neben dem noch immer der massive Stampfer lehnte wie ein stiller Wächter aus alter Zeit.

Ich hob den Holzdeckel hoch und sah hellblau und rosa und weiße Gänseblümchen, fünf Stück an der Zahl. Wie blöde stand ich da und verstand nicht, was ich sah. Merle war doch in der Türkei, mit ihrem Vater. Und ihrem Schulranzen.

Mit tauben Fingern hob ich den Ranzen aus seinem Versteck und öffnete die beiden Schließen. Fein säuberlich gefaltet lagen ihr blauer Rock mit den weißen Tupfen und das umgekehrte Blüschen auf den Schulheften. Obendrauf ein kleines rosa Höschen mit weißer Zackenlitze an den Rändern. Keine Ahnung, wieso der schwere Löffel plötzlich in meiner Rechten lag. Ich stürmte die Stufen in den Anbau hoch. Mit der Linken umklammerte ich den Schulranzen und drückte mit dem Ellbogen die altmodische Türklinke von Kurts Schlafzimmer herunter. Der lag, nur mit einem Laken bedeckt, im Bett, schlief noch. Ich baute mich neben ihm auf und ließ den Ranzen auf seinen Brustkorb fallen. Mit einem unwilligen Grunzen schob er die Last beiseite, öffnete die Augen und starrte auf die rosa Buchstaben. Mit dem nächsten Wimpernschlag war es vorbei mit seinem verständnislosen Blick. Er setzte sich ruckartig auf, riss das Laken hoch bis an sein Kinn und fing an zu plärren: „Ich schwöre dir, ich wollte das nicht! Aber Merle musste mal Pippi, ganz dringend. Und wenn sie hinter dem Streugutbehälter verschwunden wäre, wäre nichts passiert, ich schwör's dir. Aber sie hat sich einfach neben die Straße ins Gras gehockt und mir ihren kleinen Hintern entgegengestreckt. Und dabei hat sie über die Schulter geschaut und mich auffordernd angelächelt. Und da konnte ich ... und da habe ich ..." Kurt verstummte, hektische Flecken im Gesicht, die Augen furchtsam aufgerissen. „Was sollte ich denn machen, Karl, was sollte ich denn dagegen tun? Sie hat mich verführt, das kleine Luder, das musst du mir glauben, Karl. Karl!?"

Ich schlug mit dem Rührholz zu, trieb ihn aus dem Bett, jagte ihn aus dem Zimmer, durch die Diele zur Kellertreppe und prügelte auf ihn ein, bis Kurt vor dem Waschkessel zusammenbrach und sich nicht mehr rührte. Meine Beine gaben nach, ich suchte vergeblich Halt an der schmierigen Oberfläche des Kessels und rutschte langsam zu Boden, bemüht, den blutverschmierten Körper nicht zu berühren.
Die Kälte des gefliesten Bodens kroch in meinen Körper, meine Seele. Grässliche Spinnen seilten sich eilig von der Decke ab, als wollten sie Kurt und mich so schnell wie möglich in einem grauen Gespinst verweben und uns das Leben aussaugen.
Es dauerte, bis Kurt wieder zur Besinnung kam. Ab und zu stieß ich ihn mit dem Wäschestampfer an oder hielt ihm Mund und Nase zu, um mich zu vergewissern, dass er noch atmete, beobachtete die Augen unter den geschlossenen Lidern. Als die Wimpern anfingen zu flattern, flüsterte ich Kurt ins Ohr: „Sag mir, wo ich Merle finde. Oder ich schlag dich zu Brei". Kurts Antwort war nicht viel mehr als ein feuchtes Nuscheln. Ich verstand nur ein paar Worte, die wie Bus, Sand und Kundenkleber klangen.
Mühsam rappelte ich mich auf, trieb Kurt vor mir her zur

Treppe, zwang ihn die Stufen hochzukriechen und ließ ihn im Staub des Hofes liegen. Wankte zum Schuppen und zerrte das Netz hinter mir her, das ich am Tage von Merles Verschwinden geflickt hatte. Damit wickelte ich meinen beinahe Schwiegersohn ein wie einen fetten Karpfen, nur den Kopf ließ ich frei. Auf den Mund klebte ich ihm breites Paketband. Kurt konnte froh sein, dass ich ihm nicht die Nase gebrochen hatte.

Ich ließ sein Handy in meine Jackentasche gleiten und verschloss die Tür zum Anbau.

Um halb drei in der Nacht war der Mann, den ich mir einmal als Merles Vater gewünscht hatte, mit Hilfe einer Schubkarre ordentlich im Boot verstaut. Und dann ging alles ganz schnell. Ich füllte den Schulranzen mit Pflastersteinen, die bei der Reparatur am Steg übriggeblieben waren. Obendrauf legte ich behutsam ihre Bluse und den Jeansrock, das Höschen zuletzt. Den Ranzen wuchtete ich auf Kurts Brustkorb und fixierte ihn mit Hilfe von vier soliden Karabinerhaken an seinem Körper. Danach fiel ihm das Atmen noch schwerer.

Mittlerweile zucken Blitze grellweiß über den Himmel, dicke Regentropfen dreschen auf das Boot ein und der Sturm peitscht Fontänen über den See. Ein prüfender Blick ins seichte Wasser genügt mir, um zu wissen, dass der Zeitpunkt perfekt ist. Unzählige schlangenartige Körper winden sich in atemberaubendem Tempo umeinander, sind bereit für die Jagd. Ich werfe den Anker aus.

Mit meinem Fischmesser schneide ich einen Schlitz ins Klebeband und zwänge das Aluminiumrohr gewaltsam zwischen Kurts Zähne. „Wenn ich du wäre, würde ich fest zubeißen", sage ich zu ihm, „und auch nicht loslassen." Und dann füge ich ihm oberflächliche Schnittverletzungen zu. Es reicht, wenn frisches Blut fließt. Nur dort, wo ich seine Leber vermute, stoße ich fest zu.

Arbeitsboote wie die ‚Magda' sind gebaut worden, um einem Fischer das Leben zu erleichtern, wenn er schwere Netze an Bord hieven muss. Es funktioniert aber auch andersrum: Kurts Körper gleitet ins Wasser und sinkt auf den Grund, ohne sich zu drehen oder größere Wellen zu schlagen. Aufmerksam beobachte ich die Öffnung des Aluminiumrohres, das noch 15 cm über die Wasseroberfläche ragt und überprüfe mit dem Finger, ob der Mann noch atmet. Blutfäden steigen nach oben und färben das Wasser rot. Und dann beginnt der See rund ums Boot an zu brodeln. Frieden kommt über mich.

Das Gewitter führt sich auf wie das Jüngste Gericht. Blitze und Donner folgen so dicht aufeinander, dass man meinen könnte, die Welt geht unter. Ich sitze stumm im Boot, rühre mich nicht von der Stelle. Warte darauf, dass ich vom Blitz erschlagen werde. Oder die vom Himmel peitschenden Wassermassen mich ertränken. Aber Gott ist zu rachsüchtig, um mir ein solches Ende zu gönnen.

Als der erste Sonnenstrahl aufblitzt, ziehe ich Kurts Handy aus der Hosentasche und wähle die 110. Ich nenne meinen Namen und sage leise: „Der Mörder ist tot." Der Beamte versucht mich zu unterbrechen, aber ich rede einfach weiter. „Schicken Sie Ihre Kollegen zur Schulbushaltestelle Bruchmühlen, dort steht eine orangefarbene Kunststoffkiste, in der das Straßenamt Sand zum Streuen lagert. Die Männer sollen Werkzeug mitbringen, der Behälter ist vermutlich mit Sekundenkleber abgedichtet."

„Aha", sagt der Polizist, „und was werden die da finden?" Ich bringe keinen Ton heraus.

„Verraten Sie mir, was die Kollegen da finden werden." Der Beamte lässt nicht locker.

„Ein totes kleines Mädchen mit Sommersprossen und einer Mähne dunkelbrauner Haare", flüstere ich. Das Handy gleitet mir aus der Hand und schlägt auf den Planken auf. Eine Weile sitze ich zusammengesunken im Boot, nur meine

Augen bewegen sich müde, starren über den See, hinüber zum anderen Ufer, das im Morgendunst kaum auszumachen ist. Ich ziehe mich aus, falte die Kleidungsstücke ordentlich zusammen, lege sie auf einen Stapel. Lasse mich seitlich über Bord gleiten, stoße mich vom hölzernen Rumpf ab.

Wie die meisten Fischer kann auch ich nicht schwimmen.

Stummgeschaltet

Ich bin des Krankseins ziemlich überdrüssig. In der Nacht kann ich nicht schlafen, der Kopf dröhnt, der Hals ist wundgehustet, im linken Ohr wummern die tiefen Bässe einer formidablen Entzündung. Die Stimme ist seit zehn Tagen weg, nur flüstern darf ich, ab und zu. Gestern Nacht habe ich von meinem Begräbnis geträumt.

Der Arzt hat mir lange Spaziergänge an der frischen Luft verordnet. Ich hasse Spaziergänge, vor allem, wenn ich alleine gehen muss. Aber ich bin dazu verdammt, alleine zu gehen, ich hab's schon mehrmals mit Freundinnen versucht, aber die sind entzückt von meiner Wehrlosigkeit und nutzen schamlos aus, dass nur sie alleine reden dürfen.

Himmel, ist das noch kalt heute Morgen, der Blick auf das Thermometer bestätigt mein Schaudern, acht Grad.

Augenblicklich bin ich bereit, die Haustür wieder aufzuschließen und mich aufs Sofa unter die Decke zu verkriechen. Alleine, es geht nicht. Durch die Glastür kann ich ihn am Brett hängen sehen, meinen Schlüssel an seinem blauen Band. Und mein Mann kommt erst in zwei Stunden vom Sport zurück. Frühestens.

Gottergeben schlinge ich mir den dicken Schal zwei Mal um den Hals und stapfe los, umrunde das Haus und da erwischt mich auch schon die Sonne, strahlt vom Himmel, als würde sie dafür bezahlt. Mürrisch wende ich ihr den Rücken zu und marschiere rüber zum Gartenteich, der noch nicht mitbekommen hat, dass Frühling ist. Die Seerosen gründeln unstet in den tieferen Zonen, die Uferbepflanzung hält sich eisern mit dem Wachstum zurück, stattdessen haben schwarze Nacktschnecken den Teichsaum zu ihrem Eigentum erklärt. Auf dem Wasser: Nichts. Nur trübes Nass mit kleinen Kreisen. Ich kneife die Augen zusammen, erstaunlich, die Wasserläufer sind wieder da. Erfreut richte ich mich auf und da springt er, der Frosch. Wir haben einen Frosch im Teich! Ich könnte ihn küssen, so lange warte ich schon auf ihn. Obwohl, zwei von der Sorte wäre besser, da gäbe es demnächst Kaulquappen und später Familienkonzerte. Ein Blick über den Zaun zu unserem lärmempfindlichen Nachbarn ernüchtert mich. Nein, ein einziger Frosch ist doch besser.

Hinter der Gartentür lauert der Wald auf mich, hundertjährige Eichen, verstockte Tannen und jede Menge Birken. Diese Birken! Wenn ich nicht schon mit Stummheit geschlagen wäre, wäre ich jetzt sprachlos. Sie haben sich flimmerndes Grün in ihre Zweige geflochten, so schön, dass ich machtlos gegen ihren Übermut bin. Für eine kranke Frau laufe ich inzwischen ziemlich schnell, nehme den Pfad Richtung Wümme und bewundere unterwegs die weißen Anemonen am Waldboden, die mit ihren Köpfen anmutig der Sonne zunicken.

Die Bank am Wasser gehört mir, alle anderen Müßiggänger, die sonst an dieser Stelle anzutreffen sind, werkeln offenbar in ihren Gärten. Gut so. Ich halte mein noch winterblasses Gesicht in die Sonne und versuche, das ebenso anmutig zu tun wie die Anemonen. Vögel krakeelen nach Herzenslust und ihr Echo klingt in meinem linken Ohr nach. Ein einsames Blesshuhn paddelt im Röhricht und krächzt herausfordernd zu mir herüber. Ich krächze zurück.

Ein Mann in meinem Alter nähert sich der Bank mit einem kurzen Gruß und läuft schnellen Schrittes weiter, um nach zehn Metern umzudrehen und auf meine Bank zuzusteuern. „Stört es Sie, wenn ich mich dazu setze?" Seine Stimme ist angenehm tief, seine Haare sind auch schon grau und das Gesicht ist gut geschnitten.

Nach kurzem Zögern rücke ich zur Seite und schüttle dabei leicht den Kopf, halte das Gesicht wieder in die Sonne, verschränke die Arme vor der Brust und schließe die Augen. Ein Eichelhäher muss irgendwo in der Nähe Wache halten, ich kann seinen durchdringenden Warnruf hören und in unserem Rücken raschelt ein kleines Tier im trockenen Laub, ein Flügelschwirren und dann ist wieder Ruhe. Hoffentlich muss ich nicht husten. Ich grabe in meiner linken Tasche nach einem Eukalyptusbonbon und noch bevor ich es auspacken kann, fängt meine Nase an zu schnuppern. Oha, der Mann neben mir riecht gut, ausnehmend gut. Nach Hölzern und Gewürzen.

Unter halb geschlossenen Lidern riskiere ich einen schnellen Blick auf ihn und stelle fest, dass er zurückguckt. Schnell wieder in Position bringen, ausdrucksloses Gesicht, Augen zu. Keiner sagt ein Wort, er will offenbar nicht und ich kann nicht, wüsste auch gar nicht, was ich sagen sollte.

Die Zeit vergeht einfach nicht. Gefühlt sitzen wir schon Stunden hier, jeder auf seiner Seite der Bank und ich bekomme bald einen Sonnenbrand, meine Gesichtshaut jedenfalls brennt bereits. Ich werde bis zehn zählen und dann gehe ich. Eins, zwei, drei, vier.

„Ich habe schon lange keine Frau mehr wie Sie getroffen", sagt der Mann auf meiner Bank.

Oha, oha. Ich reiße die Augen auf, starre ihn an. Macht er sich über mich lustig? Aber nein, er sieht aufrichtig aus, kein Grinsen im Gesicht, nicht einmal ein Lächeln. „Es ist eine Wohltat, mit Ihnen hier auf der Bank zu sitzen und die Sonne zu genießen. Mit Ihnen lässt sich wunderbar schweigen!"

Ich hüstle verlegen und lockere möglichst unauffällig den Schal um meinen Hals. „Alle Frauen, die ich kenne, reden ohne Punkt und Komma. Fangen bei Adam und Eva an und hören bei Berlusconi und dieser Giorgia Melloni auf. Kaum, dass sie sich Zeit zum Luftholen nehmen. Auf die Dauer ist das nicht zum Aushalten. Deshalb bin ich entzückt, hier auf dieser Bank an diesem Frühlingsmorgen eine schweigsame Frau zu treffen. Sie!" Er springt auf, tritt einen Schritt näher, ergreift meine linke Hand und drückt einen angedeuteten Handkuss darauf.

Ich sitze da wie ein Ölgötze, weiß nicht wohin mit mir und meiner Hand und vor allem, wie ich ohne Gesichtsverlust von dieser Bank wegkomme. Ich hätte mir keine Gedanken machen müssen.

Der Mann setzt sich wieder neben mich, schlägt die Beine übereinander und legt die Arme halb auf der Rücklehne der Bank, halb auf meiner rechten Schulter ab. Und fängt an zu erzählen, beginnt bei Adam und Eva und als er bei den alten Griechen gelandet ist, stehe ich auf, lächle ihn freundlich an und tätschle ihm dabei die Schulter, entferne mich gemessenen Schrittes.

Heute habe ich weiß Gott viel für mein Karma getan.

Open House

Meine Haustür steht immer offen. Und wer den Weg zu mir findet, ist begeistert von meiner prächtigen Eingangshalle. Durch die tiefen Fenster fällt viel Licht in den Raum und bringt die satten Farben der Orientteppiche förmlich zum Glühen. Eine graugemaserte Marmortreppe führt in sanftem Schwung hinauf in den ersten Stock, die weißgetünchten Wände sind geschmückt mit einer Vielzahl von Porträts. Kinder jeden Alters sind mit perfektem Pinselstrich verewigt. In den goldverzierten Rahmen kommen ihre hübschen Gesichter besonders gut zur Geltung.

Die Jungen hängen links, die Mädchen rechts. An ihrer Kleidung kann man gut das Zeitalter ablesen, wann sie meine Gäste gewesen sind. Die ältesten Gemälde, die am Fuße der Treppe hängen, stammen aus dem 17. Jahrhundert, das jüngste ist aus der Neuzeit. Genau genommen wurde es vor drei Jahren gemalt, wie mir beim Blick auf das reizende blasse Mädchenantlitz wieder einfällt.

Die meiste Zeit ist meine Eingangshalle erfüllt von zarten Klavierklängen, alte Schlaf- und Wiegenlieder, wie ich sie mag. Ich liebe Kinder, habe sie immer geliebt. Ihr Lachen macht mich glücklich, ihr Weinen weckt tiefe mütterliche Gefühle in mir. Dann will ich sie trösten, ihnen Schutz geben in meinen Mauern. Will ihnen nah sein, ganz nah.

Die Mädchen machen es mir einfach. Ein schmucker Puppenwagen, wie vergessen in der Halle platziert, eine Puppe auf der obersten Treppenstufe abgelegt, die ein klägliches „Mama" hören lässt, sobald man sie aufnimmt, und schon vergessen die Süßen die Welt dort draußen. Ihre Porträts reichen schon bis zur obersten Treppenstufe.

Knaben sind sehr viel schwerer zu verleiten. Lange Zeit habe ich sie studiert und schließlich die Erkenntnis genutzt, dass Neugier und Abenteuerlust sie empfänglich machen für den verwilderten Garten und seine Geheimnisse. Ich begann, einzelne Goldstücke hinter dornigen Büschen zu verstecken und hängte billige Silberketten in den Wipfel des alten Ahornbaums, damit sie im Sonnenschein schön glitzerten. Es war ein Misserfolg, denn die meisten plünderten den Garten und verschwanden dann auf Nimmerwiedersehen. Erst seitdem in der Eingangshalle das Rattern von Waggons und Pfeifen alter Dampfloks aus dem geöffneten Fenster im ersten Stock zu hören ist, verfallen auch sie meinem Charme.

Seit fünf Tagen habe ich nun endlich wieder einen Gast in meinen Mauern. Ein scheuer Junge mit abgetragenen Kleidern und traurigen blauen Augen ist es diesmal. Tagsüber vergisst er seine Melancholie. Dann funkeln seine Augen vor Vergnügen, wenn im Spielzimmer die Züge unter seinem Kommando ihre Runden drehen und gehorsam an den Signalen halten, bevor sie von den langen Tunneln verschluckt werden. Dann sieht und hört er nichts mehr. Auch nicht die verzweifelten Rufe seiner Mutter.

Die Nächte aber fordern ihren Tribut. Dann sucht er Schutz in der Ecke seines Zimmers, schmiegt sich ängstlich an meine Wände, begibt sich in meine Obhut. Seine Tränen weichen mich auf.
Die langen Nächte mit mir haben ihn zu einem Schatten seiner selbst werden lassen. Mager ist er geworden, der Knabe,

seine Haut sieht blass und kränklich aus, fast durchsichtig. Das Blau seiner Augen wirkt seltsam stumpf. Die goldblonden Locken haben sich in gelbe Strähnen verwandelt und längst ist das Rot seiner Wangen verschwunden. Aufgelöst im Mörtel meiner Fugen.

All diese Verluste haben eine neue Heimat gefunden. Sein Porträt habe ich links der Treppe an oberster Stelle aufgehängt – die Konturen seines hübschen Gesichts sind schon deutlich zu erkennen. Den melancholischen Augen fehlt zwar noch das dunkle Blau, aber dafür haben seine Wangen bereits einen rosigen Schimmer.

Noch schätzungsweise drei, höchstens aber vier Nächte, dann ist er gänzlich mein. Dann werden hoffentlich auch die Rufe seiner Mutter verstummen.

Rosige Aussichten

Vorsichtig hebe ich die linke Augenbraue und spitze meine Ohren: die Sonne scheint am wolkenlosen Himmel und als einziges Geräusch ist das Knattern eines Rasenmähers zu hören. Okay, allerhöchste Zeit, mich aus dem Staube zu machen. Gleich nämlich wird der alte Mann wieder zu seiner wackeligen Hütte gestapft kommen und den lieben langen Tag in seinem Garten herumwerkeln. Der braucht nicht merken, dass ich seit Wochen sein Untermieter bin.

Obwohl – ich schnüffle ein wenig an mir herum – eigentlich müsste selbst er es langsam riechen, denn ich habe seit Tagen einen doch etwas strengen Geruch. Zeit also für eine Dusche. Ich sause rüber zur neuen Waschanlage und schlüpfe unbemerkt an einem roten Volvo vorbei. Hinter der riesigen Walze ist Platz genug für einen wie mich. Ich muss nur schnell genug sein...

Mir tränen die Augen, weil ich zu spät mitbekommen habe, dass der krönende Abschluss aus einem warmen Wachsregen bestand. Egal, jetzt fix zum Trocknen auf den alten Lüftungsschacht der U-Bahn. Ein kritischer Blick in das große Schaufenster nebenan zeigt mir das Bild eines wuscheligen Bettvorlegers auf vier Beinen. Egal, dafür dufte ich jetzt so ähnlich wie ein Maiglöckchen.

Auch ohne das Läuten der Mittagsglocken wüsste ich, dass es Zeit ist für eine Mahlzeit. Ich ziehe los in die engen Seitengassen und beim Anblick der grauen Tonnen, die militärisch ausgerichtet am Straßenrand auf den Müllwagen warten, fängt mein Magen hoffnungsvoll an zu knurren. Und meine Zuversicht wird nicht enttäuscht: Ein duftendes

Leberwurstendstück, die knusprige Schwarte von einem Schweinebraten, Reste einer Thunfisch-Pizza und eine nur leicht vertrocknete Käseecke sind meine Beute. Köstlich, absolut köstlich.

Mit einem kleinen Rülpser verziehe ich mich zum Verdauungsschläfchen auf den Städtischen Friedhof. Noch ehe ich mich zwischen dem moosbewachsenen Plätzchen unter der Trauerweide und dem breiten Familiengrab mit dem Marmorengel entscheiden kann, rollt ein schwerer dunkler Wagen durch das Tor und fährt Richtung Kapelle. Nur für eine winzige Sekunde erhasche ich den Blick auf das Hübscheste, was mir seit Wochen begegnet ist: Eine aprikotfarbene Pudeldame äugt aus dem Rückfenster und tut so, als sähe sie mich nicht. Dabei könnte ich schwören, dass da ein Aufblitzen in ihren bernsteinfarbenen Augen gewesen ist. Meine Schläfrigkeit ist wie weggeblasen. Oh, noch im Nachhinein gratuliere ich mir dazu, dass ich heute Morgen geduscht habe!

Eines allerdings bereitet mir Kopfzerbrechen: Was, wenn ich ihr zu alt bin? Wenn die Schöne sich nicht mit einem Streuner abgibt? Wo um alles in der Welt bekomme ich so schnell ein Herrchen her?

Der Hundegott hat ein Einsehen mit mir. Erst schickt er mich an einem aufgeschütteten Hügel mit trockener Erde vorbei, an dem ich mir die grauen Haare an der Schnauze auffrischen kann. Und nur wenig später taucht ein Mann mittleren Alters hinter mir auf, bewaffnet mit Gießkanne und Harke und mürrischem Gesicht. Ich lasse mich etwas zurückfallen und laufe wie selbstverständlich hinter ihm her und versuche dabei, wie ein wohlerzogener Hund auszusehen. Als wir am Wagen vorbeikommen, zwinkere ich der Dame meines Herzens zu und grinse dabei verwegen.

Und es funktioniert, es funktioniert immer noch!

Madame springt mit einem graziösen Satz aus der offenen Tür des Wagens, trippelt anmutig neben mir her und klimpert dabei mit den Wimpern. Den kuscheligen Platz unter der Trauerweide scheint sie auch zu kennen, jedenfalls dirigiert sie mich auffällig unauffällig in die richtige Richtung.

Die Frauen von Helmut Newton

Die Nacht ist heiß und schwül, seit Wochen kühlt es nicht richtig ab. Du kennst sie sicher, diese samtdunklen Stunden, in denen man sich rastlos im Bett wälzt und der Körper vor Hitze nicht schlafen kann. Solche Nächte machen mich nervös, dann sind Teile meiner Seele auf Wanderschaft und finden sich unversehens in unwegsamem Gelände wieder.

Manchmal bin ich am nächsten Morgen stolz auf meine nächtlichen Höhenflüge, manchmal aber auch sehr beunruhigt. Ich befürchte, dies ist wieder mal so eine Nacht, die mir nicht gut tun wird. Seit mindestens einer Stunde wehre ich mit wenig Erfolg einen Gedanken ab. Den nämlich, ich würde einem Mann begegnen, der die pubertären Schmetterlinge in meinem Bauch noch einmal zum Flattern bringt. Nächsten Monat werde ich 53, du verstehst?

Natürlich verstehst du. Und du kannst sicher auch nachempfinden, dass ein solches Ereignis für mich ebenso beglückend wie bedrohlich wäre. Beglückend, weil mein Herz und mein Körper sich noch einmal erwärmen könnten. Die alten Sehnsüchte und Phantasien wollen einfach nicht entschlafen. Bedrohlich, weil mein Herz und mein Körper sich noch einmal erwärmen würden. Mein Herz hätte damit vermutlich weniger Probleme, es ist übermütig mit einem Hang zur Abenteuerlust und würde sich nur zu gerne noch einmal austoben. Ich wollte, ich könnte das gleiche auch von meinem Körper sagen. Er hat im Laufe der Jahre vergessen, wie es sich anfühlt, wenn Übermut Sehnen und Muskeln anfeuert, das Blut sich schäumend vor Lebenslust durch die Adern drängt. Mein Körper hat auch die Erinnerung daran verloren, wie flüssig in grauer Vorzeit seine Bewegungen waren, mit welcher Geschmeidigkeit er lief, lachte und liebte.

Bevor Wehmut mich aus dem Bett treibt und Tränen das Salz aus meinem Körper waschen, bevor ich mich also gottergeben vor dem Alter verneige, muss ich diesen einen zwingenden Gedanken zu Ende denken.

Wenn ich also wider Erwarten einem Mann begegnete, der mir am liebsten die Kleider vom Leibe reißen würde, wenn ich selber den Körper des besagten Mannes begehrlich betrachten würde... Eine kleine Hitzewallung lässt meine Wangen erglühen, das ausgezeichnete Gedächtnis meines Körpers verblüfft mich. Hoffentlich erlebe ich nicht noch andere Überraschungen mit ihm, unangenehmere.

Ich und mein Körper, wir kommen im Alltag gut miteinander aus. Mein Körper und ich, mit der Betonung auf ‚mein Körper‘, das ist schon eine ganz andere Geschichte. Mein Körper sieht schon lange nicht mehr aus wie der der Frauen auf Helmut Newtons Fotografien. Dummerweise war ich vor zwei Wochen in einer Ausstellung von ihm, und seitdem verfolgen mich seine perfekten Frauenkörper. Ewig lange Beine auf halsbrecherischen Stilettos, schlanke, biegsame Körper mit voluminösen Brüsten, ein selbstherrliches Lächeln auf den üppigen Lippen. Schöne Gesichter, die kühl den Betrachter taxieren.

Für den Hausgebrauch gibt es an meinem Körper wenig zu mäkeln: Er funktioniert alles in allem gut, meine Beine tragen mich, meine Brüste füllen die Körbchengröße 90 B, mein Kopf funktioniert ausgezeichnet. Aber um meinen Kopf geht es ja leider nicht. Sondern um meinen Body und der hat sich den Jahren ergeben.

Ich müsste also verhindern, dass er, der Schmetterlingsmann, mich in aufrechter Position sieht, nackt sieht, versteht sich. Also schnell ins Bett und stattdessen aufreizend räkeln. Das mit dem schnell ins Bett kann ich, aber räkeln? Und dazu noch aufreizend? Mein Körper schüttelt sich, ganz sacht nur, ich kann es trotzdem spüren. Was er braucht ist eine feste Matratze und einen ruhigen Schlaf.

Apropos spüren. Wenn ich mir vorstelle, mit den Fingerspitzen die Haut eines fremden Mannes zu berühren, seinen Körper zu erkunden, seinen Duft einzuatmen, seinen...

Diese Hitzewallungen sind überaus lästig! Auf jeden Fall wird mir bei dieser Vorstellung schön warm um Herz und Bauch. Führe ich den Gedanken aber schonungslos zu Ende, senkt sich eine unangenehme Kälte um meinen Herzbauch. Schutzlos fremden Augen, fremden Händen preisgegeben, kein liebevoller Blick, der über die Abnutzungserscheinungen den Mantel der Vertrautheit wirft. Stattdessen Neugier, Fordern, Besitzergreifen...

Bleibt festzustellen, dass mein Körper und ich unglücklicherweise schon seit geraumer Zeit nicht mehr einer Meinung sind. Ich sehne mich nach Schmetterlingsflügeln und nach Hitze, die ihre Ursache nicht in den Wechseljahren hat. Mein Körper will in Ruhe älter werden, sich ein bisschen gehen lassen, großzügig mit sich sein, sich an meinen Mann kuscheln, von dem er sich geliebt weiß.

Dumm nur, dass eine von uns beiden verzichten muss.

Fünf vor zwölf

Der Tag verlangt nach mattem Schwarz. Er mustert sich im Spiegel, dunkle Farben lassen seinen Körper weniger gedrungen aussehen als das verwaschene Weiß. Nur sein Kopf bleibt der gleiche, als ob das alte ranzige Frittenfett in seinem Gesicht eine neue Heimat gefunden hätte: feistes Kinn, Kartoffelnase, Lippen wie pralle Würstchen, teigige Haut, und alles überzogen von öligem Schweiß. Sein kahler Schädel sieht aus wie handpoliert. Er verknotet ein grellrotes Tuch am Hinterkopf und hofft, dass es von seinem Manko ablenkt. Der Spiegel macht ihm keine Hoffnung, er ähnelt mehr denn je einem armen Teufel.

Der Mann verzichtet auf das Frühstück, brüht einen starken Kaffee, lässt sich mit Block und Stift am schmalen Tisch in der Wohnküche nieder, wartet. Wartet darauf, dass ihm einfällt, was er mit dem heutigen Tag anfangen soll. Und mit dem von morgen. Und denen danach.

Er hat gehofft, dass das ‚Portobello' die Dauerbaustelle vor der Tür überleben wird. Dass ihm noch eine Galgenfrist bleibt, in der er sich auf ein Leben als Mensch ohne Arbeit einstellen, ein Hobby finden kann oder auch zwei. Mit dem Angeln hat er geliebäugelt oder Radfahren, aber sein Rad haben sie ihm im letzten Monat aus dem Keller geklaut und beim Blick auf die Welt, die sich seit Wochen hinter einem Vorhang aus Regenschnüren versteckt, wachsen ihm Schwimmhäute zwischen den Zehen.

Es ist brutal schnell gegangen mit dem ‚Portobello'. Sein Chef hat ihn angerufen und gesagt, Schluss, Ende, Aus und dass er sich bei der Arbeitsagentur melden soll. Und dann hat er noch gesagt, mach's gut. Noch immer macht ihn das Telefonat fassungslos, da steht einer wie er mehr als 40 Jahre in der Küche und schmeißt den ganzen Laden und zum Abschied gibt es ein lapidares ‚Mach's gut!'

Ob es hilft, wenn er sich die Zähne putzt gegen den schlechten Geschmack in seinem Mund?

Er könnte zur Bank gehen und nachsehen, ob sein letzter Lohn auf dem Konto ist. Was, wenn nicht?

Er müsste dringend zur Agentur für Arbeit, wenn da nur nicht sein mickriger Arbeitsvertrag wäre, der größte Teil seines Lohns kam aus der schwarzen Kasse. Und eine schriftliche Kündigung kann er auch nicht vorweisen.

Er könnte einen Spaziergang zum ‚Portobello' machen und nachschauen, ob... Stattdessen dreht er sich zum Fenster, starrt in den verwaschenen Vormittag, sieht nichts.

Friert, außen und innen, stellt die Heizung hoch, schlüpft unter die Decke auf dem Kanapee.

Steht wieder auf, holt sich die Flasche von der Anrichte und ein Wasserglas, schenkt sich den ersten Schnaps ein. Kippt ihn hinunter, verschluckt sich, weil es ihm nicht schnell genug geht, hustet, bis ihm die Augen tränen.

Als er wieder klar sehen kann, schaut er sich um in seinem Reich. Wie wenig er besitzt – den Tisch und drei Stühle, das Kanapee, einen fadenscheinigen Teppich, eine schmale Küchenzeile, nichts, für das sich weiterzumachen lohnt.

Er zwingt sich aufzustehen, findet eine alte Mülltüte und räumt den Kühlschrank aus. Er wird alles sauber und aufgeräumt hinterlassen. Ein Stück Butter, ein halber Becher Sahne, ein Netz mit Rosenkohlröschen, ein Rest Reibekäse, das ordentliche Stück Kassler, das er am Sonntag hatte zubereiten wollen. In Reih und Glied warten sie auf der Arbeitsplatte, er muss nur noch den Müllsack öffnen und alles verschwinden lassen. Etwas in ihm sperrt sich.

Das Wort Henkersmahlzeit ploppt in seinem Kopf auf. Er könnte noch einmal gut essen, bevor er...

In der Speisekammer finden sich mehr Kartoffeln, als einer alleine essen kann, aber egal, er schält sie alle. Und putzt den Rosenkohl, heizt den Backofen an, wäscht den Kassler Braten unter fließendem Wasser, wiegt ihn in der Hand, so viel Fleisch kann er unmöglich alleine essen.

Erich fällt ihm ein, bis gestern noch sein Kollege im ‚Portobello‘. Erich ist für die Getränke zuständig gewesen. Er holt sein abgegriffenes Telefonbuch, wählt die Nummer, als keiner rangeht, zwingt er sich, aufs Band zu sprechen, legt schnell wieder auf, kommt sich dämlich vor. Der Rückruf kommt zwei Minuten später. Erich druckst herum, sagt aber zu.

Er holt die Auflaufform aus dem Schrank, gießt einen Bodensatz Wasser an, schält eine Zwiebel, viertelt zwei Tomaten, platziert das Fleisch schön in ihrer Mitte. Schiebt alles in den Backofen, stellt die Bratzeit ein. Erich hat nach Sophie gefragt, ob die auch kommt. Er stellt sich ihr runzliges Gesicht vor, die freundlichen braunen Augen, bis zum Schluss ist Sophie für die Gäste dagewesen. Wieso lädt er sie nicht auch ein und Olaf natürlich, die Hilfskraft, das Essen müsste für alle reichen. Er macht zwei hastige Anrufe, seine Einladung wird zögernd angenommen, aber immerhin, sie werden kommen.

Er rückt das Kanapee an den Tisch, holt Teller, Gläser und Besteck aus dem Schrank, nichts passt zusammen und irgendwie doch. Servietten findet er keine.

Es klingelt an der Tür. Sie kommen einzeln und sie kommen leise. Noch nie waren sie bei ihm zu Hause und er noch nie bei ihnen. Verlegen stehen sie rum, er nötigt sie an den Tisch, bietet Sophie den Platz auf dem Kanapee an. Füllt die Teller, gießt Wasser in die Gläser, wischt sich demonstrativ den Schweiß von der Stirn. Sein rotes Tuch hat den Halt verloren.

Stumm fangen sie an zu essen, aber mit jedem Bissen werden seine Gäste entspannter und er auch. Sie reden über

Gott und die Welt, nur nicht über das ‚Portobello' und über ihre Zukunft auch nicht. Manchmal lachen sie, sehr vorsichtig. Zum krönenden Abschluss gibt er einen aus, Sophie fragt nach den Gläsern, schenkt den Schnaps ein, der jetzt wie kühles Gold durch die Kehlen fließt.

Die Gäste zögern ihren Aufbruch hinaus, einer trägt das schmutzige Geschirr in die Küche, der andere wäscht ab, die dritte greift zum Geschirrtuch und er schrubbt die Töpfe und Auflaufformen sauber. Als es keinen Grund mehr gibt, länger zu bleiben, machen sich seine Gäste auf den Heimweg. „Bis bald", sagen sie und „Man sieht sich!" und Sophie verabschiedet sich mit einem „Gut hat's geschmeckt."

Als er das Kanapee zurück an die Wand schieben will, sieht er auf dem Tisch einen Zettel liegen und drei Häufchen Kleingeld. Er zählt nach, jeder hat zehn Euro dagelassen. Auf dem Zettel stehen zwölf Wörter, ein Ausrufe- und ein Fragezeichen: „Wir kommen wieder, wenn dir das recht ist! Nächste Woche, gleiche Zeit?"

Bewährungsprobe

Mit einem bemühten Lächeln winken uns eure Eltern zu, mit einem bemühten Lächeln winke ich zurück, schaue ihrem Wagen nach, schaue euch an. Zum ersten Mal werden sie eine Nacht ohne euch verbringen, zum ersten Mal seid ihr alleine, mit mir. Ich zwinge mich, das Ziehen in meinem Bauch zu ignorieren, kümmere mich stattdessen um das Feuer im Ofen, es darf nicht ausgehen, sonst werden wir frieren.

Dein großer Bruder spannt mich sofort für seine Baupläne ein, ein Bauernhof aus Lego muss her, all die Trecker und Anhänger brauchen schließlich eine Heimat, um ihn und mich muss ich mir keine Sorgen machen. Er kennt mich, hat mich immer wieder ausgetestet: Wer von uns schneller laufen kann, ob ich beim Krähen des riesigen Hahns von Bauer Henning genauso zusammenzucke wie er und ob ich die einzig richtige Antwort auf die Frage, was aus dem Auspuffrohr der Autos kommt, auch nicht vergesse – „schmutzige, stinkige Luft" muss es heißen, und dann kräht er, viel besser noch als der Hahn.

Aber du und ich? Du kennst mich nicht so gut, denn ich bin die Oma, die selten da ist. Die auftaucht und von einem Tag auf den anderen wieder weg ist, einfach so. Du bist noch so klein, uns fehlen bis jetzt die besonderen Momente, in denen Vertrauen wächst. Und das Schlimmste ist: Du hast noch keine Sprache, kannst nur lächeln, um dich verständlich zu machen. Oder weinen. Wie wird das werden mit uns, heute, morgen und vor allem - heute Nacht.

Du lässt es nicht zu, dass ich mich in meinen Befürchtungen heimisch einrichte. Schleppst ein Bilderbuch an, noch eines und noch eines, eroberst dir einen Platz auf meinem Schoß und bringst mich dazu, alle Bewohner des Waldes aufzuzählen, die Scheune für die Trecker deines Bruders muss warten. Da, da! Dein kleiner Zeigefinger lässt kein Tier aus, wehe, mir entgeht auch nur eines. Erst als ich alles richtig gemacht habe, lehnst du dich entspannt zurück an meinen Oberkörper, dein warmer Atem streift meinen Hals.

Am Abend bringe ich dich als Erste ins Bett. Jetzt wird es heikel, ich erwarte verzweifeltes Schreien, die Mama soll kommen und der Papa, Vertrautes, sofort. Du überraschst mich, greifst nach dem Schnuller, nach deiner Puppe, die kaum kleiner ist als du, suchst nach dem Bilderbuch, schaust mich erwartungsvoll nuckelnd an. Ich lese dir mit einer Inbrunst vor, die meinen Befürchtungen geschuldet ist. Danach drücke ich dir ein vorsichtiges Küsschen auf die Wange, sage: Gute Nacht, kleine Maus, und schaue zu wie du dich und deine Puppe in die Kissen kuschelst. Ich lösche das Licht. Bleibe lange vor der angelehnten Tür stehen, warte auf den Aufschrei, das Wehklagen. Nichts, nur gleichmäßiges Atmen. Du bist dir deiner Eltern so sicher, dass du sorglos einschlafen kannst.

Dein Bruder macht es dir nach, schiebt die Bettwurst ordentlich an den Rand der Matratze, damit er nachts nicht herausfällt und vergisst vor lauter Schläfrigkeit, nach einem Keks, einem Glas Wasser oder zusätzlichem Licht zu verlangen. Ich habe ihn müde gespielt, denke ich zufrieden und decke ihn zu.

Ich bin auch müde gespielt. Mag nicht mehr fernsehen, nicht einmal mehr lesen, nur schlafen. Um halb zehn schon schlüpfe ich unter die Zudecke deines großen Bettes, will dich auf keinen Fall wecken. Du rührst dich nicht, atmest ganz leise, nur der Schnuller ruckelt kurz. Ich drehe mich auf die Seite, damit ich dich im Licht des Mondes besser betrachten kann. Ein Mädchen, denke ich, durch und durch, du hältst immer noch deine Puppe beschützend im Arm. Eine Elfe bist du, zart und zierlich und wunderschön.

Ein Kind, das mit einer fremden Frau im Bett aufwacht, denke ich, als du plötzlich die Augen aufschlägst und mich anstarrst und wappne mich gegen deinen Schrei.

Du richtest dich auf, nimmst den Schnuller aus dem Mund. Jetzt, denke ich, jetzt! Wie soll ich dich trösten? Du aber betrachtest mich eine Weile, rutschst ein Stückchen näher, küsst mich auf die Wange und lächelst mir zu. Rutschst zurück in deine Schlafmulde, schiebst dir den Schnuller zurück in den Mund und träumst weiter.

In dieser Nacht schlafe ich tief und entspannt, zumindest die eine Hälfte von mir. Die andere liegt da mit offenen Augen, lauscht deinem Atem, bewacht deinen Schlaf und ist auf eine bisher unbekannte Weise glücklich.

Fast wie damals

Margot rückt den Spiegel zurecht, damit das Herbstlicht sie nicht blendet. Lehnt das Foto an die Wand daneben, auf dem sie kokett in Willys Kamera geblickt hat, damals.

Sie zupft an ihren Haaren, die vom vielen Färben müde geworden sind, peppt sie mit einem ihrer mahagonifarbenen Haarteile auf. Überdeckt mit dem geflochtenen Zopf geschickt die fast kahle Stelle oberhalb des Ponys. Toupiert die eigenen Haare, bis sie ähnlich wie auf dem Foto ein schönes Volumen vorgaukeln, lächelt erleichtert.

Das mit dem Gesicht ist schon schwieriger, weiß sie aus Erfahrung. Nimmt sie zu viel Grundierung, sieht ihre Haut ledrig aus, nimmt sie zu wenig, stören die Falten. Sie entscheidet sich für zu viel, verreibt sorgfältig das Make-up an den Rändern, setzt Akzente mit dem Rouge. Aus Zeitmangel überdeckt sie die buschigen Brauen großzügig mit hellem Puder, malt stattdessen mit einem braunen Stift zwei hohe Bögen, die ein kindliches Staunen auf ihr Gesicht zaubern. Malt gleich den Lidstrich hinterher, zu kurz und zu breit, egal, das Schminken dauert schon zu lange und sie muss sich noch einen Mund malen.

Der Konturenstift gleitet über die Form ihrer Lippen hinaus, oben und unten und in den Mundwinkeln auch. Sie füllt die großzügige Form mit rotem Lippenstift und malt und tupft und ist doch nicht zufrieden. Sie vergleicht ihr Gesicht im Spiegel mit dem auf dem Foto, sucht nach dem richtigen Lächeln, bemüht sich, es festzuhalten.

Vorsichtig, um ihr Kunstwerk nicht zu zerstören, schlüpft sie in das lilafarbene Samtkleid, bedeckt die faltige Halspartie

77

mit vier, fünf Ketten und zieht dafür den Ausschnitt mutig ein Stück tiefer, schiebt die Polster ihres BHs mit geübtem Griff nach oben.

Sie muss den Schuhlöffel zu Hilfe nehmen, um ihre Füße in die Pumps mit den halbhohen Absätzen zu zwängen. Margot greift nach ihrer Handtasche und wirft die Tür beherzt hinter sich ins Schloss, steigt die Treppe hinunter und lässt dabei unauffällig die Hand auf dem Geländer ruhen.

Willy wartet schon an der Haustür auf sie, hält genau wie damals einen Strauß rosa Nelken in der Hand.

„Mein Gott", denkt sie bestürzt, „ist der Mann alt geworden."

Lieblingstochter

Du willst wissen, wie ich die wurde, die ich bin? Du verlangst zu viel.

Ich kann nicht. Will nicht darüber reden. Nicht mit dir. Mir fehlt die Sprache dafür. Verstehst du denn nicht?

Du gibst nie auf, oder?

Wirst du den Schmerz mit mir teilen?

Mein Vater herrschte über ein gewaltiges Reich. Gefürchtet von seinen Untertanen, gehasst von seinen Feinden, geachtet von den Wenigen, die ihm freundschaftlich verbunden waren.

Mein Vater besaß 1500 Rinder, 900 Pferde, unzählige Schafe und Ziegen und eine Frau und zwei Töchter. Eine von beiden war sein Augenstern. Als die Amme ihm das Neugeborene brachte, erhellte sich seine stets umwölkte Miene und die grauen Augen, gefürchtet wegen ihres stechenden Blickes, schauten liebevoll auf das winzige Wesen in seinem Arm. Nie wieder hörte man so zärtliche Worte aus seinem Munde.

Mein Vater war ein harter Mann. Dieser Mann wurde Wachs in ihren kindlichen Händen. Ihre Nähe glättete die Zornesfalten auf seiner Stirn und verwandelte unbeugsame Härte in Sanftmut. Selbst seine Faust, eben noch drohend erhoben, entließ die sehnigen Finger in eine liebevolle Berührung. Ihr Lächeln berührte sein Herz. Über dieser Freude vergaß er sein anderes Kind.

Seine Lieblingstochter brauchte die Mutter nicht. Plagte sie Kummer oder war sie gar in Not, wandte sie sich vertrauensvoll an ihn. Dann trocknete er ihre Tränen, liebkoste ihr Gesicht und streichelte das seidenweiche Haar. Er hüllte sie ein in väterliche Liebe. Keiner sonst durfte sich ihr nähern, keiner sie rügen – es sei denn, sie liebte den Vater nicht genug. Dann wurde er grob und rachsüchtig gegen jeden, der ihm in die Quere kam.

Meines Vaters Lieblingstochter wurde schöner mit jedem Jahr, das verstrich. War er früher für ihren kindlichen Liebreiz empfänglich gewesen, so huldigte er alsbald ihrer jugendlichen Schönheit. Er staffierte sie aus mit prächtigen Kleidern, und nur der erlesenste Schmuck war gut genug für sie – der Protest seiner Gemahlin war längst verstummt, zu groß war ihre Angst vor ihm. Junge Adlige aus dem ganzen Reich buhlten begehrlich um ihre Tugend, er aber jagte alle davon mit höhnischem Gelächter. Er blieb Sieger und sie blieb bei ihm.

Ihre Unschuld zu beschützen war alsbald sein Begehr. Er brachte sie an einen sicheren Ort, weit weg von aller Versuchung. Den Schlüssel verwahrte er gut. Nur einmal versuchte sie zu fliehen, seine Tochter, die Schöne.

Mein Vater hatte zwei Töchter, eine von ihnen war sein Augenstern. Ich war es nicht, denn ich bin noch am Leben.

Richtungswechsel

Ein Sandsturm
Bedrängt sie seit Wochen
Nimmt ihr die Sicht
Verwischt die Konturen
Verändert die Landschaft

Macht sie sprachlos und
Treibt sie vor sich her
Wütet ohne Rücksicht auf Verluste
Ein angestrengtes Lächeln
Gräbt sich in ihr Gesicht

Sie hat es doch so gewollt, oder?
Aber doch nicht so
Jammert ihr furchtsames Herz
Weniger heftig, langsamer
Moderater, mit genügend Zeit

Um mich an die Veränderung
Zu gewöhnen, sie auszubremsen
Wenn es zu viel wird

Zu spät, lacht der Sturm
Und bläst erneut die Backen auf
Ich werde toben
Bis mir die Luft ausgeht
Und mein Werk vollendet ist

Mit gesenktem Kopf
Stapft sie weiter
Und nickt ergeben

So ist's brav
Grölt der Sturm
Versprechen kann ich dir nichts
Aber wenn du Glück hast
Geht es gut aus

Der Nachlass

Vor neun Monaten habe ich meinen Mann liebevoll darauf hingewiesen, dass wir endlich das Haus seiner Mutter auflösen müssen. Rudolf hatte keine Zeit.

Vor drei Monaten habe ich ihn daran erinnert, dass er das Haus entrümpeln muss. Er konnte nicht, er wollte nicht, all die Erinnerungen.

Mein Vorschlag, einen professionellen Haushaltsauflöser einzuschalten, rief tiefe Zornesfalten auf seiner Stirn hervor. Was mir einfalle, einen Fremden in den intimsten Hinterlassenschaften seiner Mutter herumwühlen zu lassen!

Nächste Woche wird das Haus abgerissen, die Baugenehmigung kam schneller als erwartet und der Bagger steht bereit. Jetzt muss er.

Ich muss auch, er hat mich darum gebeten, mit Hundeblick. Als ich Sperrmüll anmelden will, ernte ich Gelächter am Telefon, der nächste Termin ist in sechs Wochen. Den Tipp mit dem Lastenanhänger bekomme ich kostenlos dazu. Soll Rudolf sich doch um einen Wagen mit Anhängerkupplung kümmern! Ich bewaffne mich mit zwei Paar Gummihandschuhen und packe einen Haufen Müllbeutel in meine Tasche, zusammen mit zwei Flaschen Wasser und vier belegten Brötchen, und wir machen uns auf den Weg.

Das Haus stammt aus den zwanziger Jahren des letzten Jahrhunderts und ist ein einziges Mal renoviert worden, das war in den späten Sechzigern. Düstere Tannen rauben ihm das Sonnenlicht, nur die beiden Türmchen recken sich hoch genug um fröhlich zu wirken.

Vor zwei Jahren ist meine Schwiegermutter gestorben, seitdem steht das Haus leer. Sie starb im Bett, wie es sich für alte Leute gehört, schlief ein, ohne auch nur einen Tag krank gewesen zu sein.

Zu ihren Lebzeiten hatte meine Schwiegermutter mich nicht leiden können, ich bin auch jetzt noch nicht gut auf sie zu sprechen. Damit wären wir eigentlich quitt, wenn ich mich jetzt nicht durch all ihre Hinterlassenschaften quälen müsste: sechs Wintermäntel, vier leichte Sommermäntel, zwei Anoraks, einen Persianer, eine Nerzstola, dreizehn Handtaschen, an einigen hängt noch das Preisschild. Beim Anblick der Röcke, Blusen, Kleider und Hosen im nächsten Schrank wird mir schwindlig. Sie scheint ihr Lebtag nichts weggeschmissen zu haben.

Am frühen Nachmittag habe ich mich durch die meisten Schränke gearbeitet, im Flur steht eine lange Phalanx zusammengeknoteter Müllsäcke Spalier und wartet auf Neuzugänge. Obwohl alle Fenster weit geöffnet sind, ist es im Schlafzimmer stickig. Die Luft riecht nach Stillstand, nach Einsamkeit und Unglück. Ich will nach Hause. Meine Vernunft verhandelt mit meinem Aufbegehren und siegt, haushoch. Also noch die Walnusskommode. Mit einem großen Schluck Wasser befeuchte ich meine Kehle, wische mir über die staubige Stirn und zerre an der obersten Schublade. Unterwäsche!! Wie ich das hasse! Das Aufbegehren in mir läuft Amok: Ich will nicht in den Unterhosen der alten Dame wühlen! Um keinen Preis! Das muss Rudolf machen!!!

Ich rufe nach ihm, schreie. Brülle schließlich durchs ganze Haus. Von Rudolf keine Spur. Ich gehe ans Fenster, hänge mich weit hinaus, suche den Garten nach ihm ab. In der hintersten Ecke, halb versteckt von den Tannen, steht mein Mann, unterhält sich mit der Nachbarin, ich kann Fetzen seines Lachens hören. Manchmal hasse ich ihn. Also hocke ich mich auf einen umgestülpten Eimer und hasse ihn. Die Zeit tropft vor sich hin, ich bilde mir ein, bereits ein kleines Rinnsal auf dem abgewetzten Linoleum zu sehen. Die aufgezogene Schublade blickt drohend zu mir herüber, als wolle sie sagen: Na, wird's bald?!

Ich kann nicht! Und ich will nicht!! Rudolf muss! Schließlich war es seine Mutter!!!

Ich schließe das Fenster, hole mir einen Kleiderbügel und hämmere mit ihm gegen die Fensterscheibe. Sie klirrt, sie vibriert, sie scheint sich nach außen zu wölben unter den Schlägen. Ich versuche es mit einem Dreivierteltakt, wechsle in den Viervierteltakt, trommle ein langes Stakkato, wer nichts hört, ist mein Mann!

Ich reiße das Fenster erneut auf, zerre die Schublade mit den kunstseidenen Unterröcken und Frisierumhängen aus der Kommode, schleppe sie zum Fenster und kippe den Inhalt über die Fensterbank. Sehe zu, wie die luftigen Gebilde im eleganten Gleitflug nach unten schweben und sich auf der obersten Stufe der Treppe direkt vor der Haustür in einem wolkigen Haufen wieder vereinen. Wuppe die Schublade zurück ins Zimmer und bugsiere ihre mittlere Schwester auf die Fensterbank und kippe sie abrupt um. Unmengen an gerippten Unterhosen in unterschiedlichen Farbschattierungen mit und ohne Beinchen rauschen im Pulk nach unten und versperren meinem Mann die Sicht, als er auf die Haustür zurennt. Er schreit. Sehr laut. Eigentlich brüllt er.

Das spornt mich an. Ich packe die letzte Schublade, zerre sie auf das Fenstersims, umklammere sie mit einer Hand, die andere brauche ich zum Werfen. Büstenhalter, hautfarbene Korsetts mit tütenförmigen Haftschalen und Hüfthalter mit Strapsen fliegen durch die Luft, tänzeln zwischen den Ästen des Kirschbaums und halten sich graziös an Zweigen fest. Schmücken sich mit dunkelroten Früchten.

Mein Mann ist verstummt, kein gutes Zeichen. Am aufgeregten Wippen der Zweige kann ich erkennen, dass er an Trägern und Verschlüssen zerrt auf der Jagd nach einzelnen

Wäschestücken. Ich nutze die Gelegenheit, husche die Treppe hinunter in den Keller und verlasse das Haus durch die Hintertür. Schlendere hinüber an den Gartenzaun und halte einen Plausch mit der Nachbarin. Warte darauf, dass mein Mann sich wieder beruhigt. Es dauert.

Die Nachbarin lädt mich ein auf ihre Terrasse, wir köpfen eine Flasche Sekt, stoßen auf die Verstorbene an, trinken sie uns schön. Es wird schon dunkel, ehe ich merke, dass alle Lichter im Haus der Schwiegermutter erloschen sind und unser Auto verschwunden ist. Die Nachbarin lädt mich ein, bei ihr zu übernachten, aber das traue ich mich dann doch nicht und schlendere lieber nach Hause.

Rudolf ist sehr verschnupft, hat aber die Haustür offengelassen. Er ist ein guter Verlierer.

Alles neu macht der Mai

Es wird Mai und Margrets wohlgeordnete Welt gerät aus den Fugen: ein Spatzenpaar begehrt mit ärgerlichen Schnabelhieben gegen das neue Sprossenfenster Einlass in ihr Schlafzimmer. Der Professor aus dem Nachbarhaus tauscht seine alte Freundin gegen einen neuen Freund ein. Und Dieter, ihr Mann, fällt fast vom Balkon, als er der Gnädigsten vom Erdgeschoß beim Liebemachen auf der Terrasse zuschaut.

Und sie selbst? Entwickelt gerade eine Allergie gegen den aufreizenden Duft der Linden.

Als Dieter sich Mitte März im Fitnessclub anmeldete und in enge Radlerhosen stieg, lächelte sie noch amüsiert, schließlich war Dieter mit seinen 54 Jahren kein junger Mann mehr. Als sie im Medizinschrank eine Packung Viagra fand, ohne in den Genuss der Tablettenwirkung zu kommen, verkrampfte sich ihr Lächeln um die Mundwinkel herum. Vorsichtshalber zählte sie die blauen Pillen akribisch. Immerhin fehlte noch keine einzige.

Aber als Ende April seine Handyrechnung astronomische Höhen erklomm und sie keine der aufgelisteten Nummern kannte, verkümmerte auch das magere Lächeln.

Und das junge Jahr hat noch mehr Steigerungen für sie parat. Ihr runderneuerter Mann kauft sich eine schwere Rennmaschine und kurvt nach Feierabend damit durch den Schwarzwald. Er trainiert für Amerikas Route 66, seinen Lebenstraum, wie er sagt. Margret hätte sich geweigert, auch nur eine Ledermontur anzuprobieren, sie weiß, wie sie darin aussehen würde. Aber er fragt sie erst gar nicht.

Ende Mai meldet Dieter sich für eine dreiwöchige Motorradtour von Flagstaff, Arizona, nach Los Angeles an, auf einer Harley Davidson. Die Rechnung für die Reise lässt er wie zufällig auf dem Esstisch liegen. Was sie von seinen Plänen hält, interessiert ihn nicht.

Das könnte auch daran liegen, dass Margret nicht mehr mit ihm spricht, seit sie ihn beim Stöbern in Internet-Foren erwischt hat: Dieter liebäugelt mit Thaifrauen zwischen 25 und 30, anschmiegsam und scheu.

Anschmiegsam und scheu. Und halb so alt wie er. In Margret brodelt es. Sie ist auch 54, aber nie im Leben würde sie jemanden suchen, der anschmiegsam und scheu ist. Sondern eher... Zu ihrem Verdruss stellt sie fest, dass sie keine Ahnung hat, wen oder was sie suchen würde. Bisher gab es auch keinen Anlass für diese Frage, sie war mit Dieter und ihrer fast dreißigjährigen Ehe über weite Strecken zufrieden. Jetzt allerdings ist es mit dem Frieden definitiv vorbei, Dieter wird mit jedem Tag aktiver und leider auch attraktiver. Und sie immer dünner. Wenn sie so weitermacht, passt sie bis zum Sommer wieder in Kleidergröße 40.

Und dann? Sie hat keinen blassen Schimmer, aber sie wird es herausfinden.

Nicht aufgepasst

Schon den ganzen Morgen sucht die grünschillernde Fliege den Weg in die Freiheit. Der dumpfe Aufprall auf das gläserne Hindernis unterbricht in regelmäßigen Abständen ihr einschläferndes Brummen.
Polizeihauptmeister Franz Roeder kann sich nicht dazu aufraffen, das Fenster zu öffnen, obwohl es stickig ist in seinem kleinen Büro. Draußen zieht der Sommer schon seit Wochen alle Register und belagert die Stadt mit seiner Gluthitze. Roeder wischt sich mit einem Taschentuch über die feuchte Stirn und den Nacken und gibt sich Mühe, die Schmerzen zu ignorieren. Normalerweise wäre er mit dem Kollegen Holzbock auf Streife durch Durlach. Aber der Chef hat ihn zum Innendienst verdonnert wegen seines verstauchten linken Fußes.

Roeder ist gerne auf Streife unterwegs. Dabei kann er das tun, was er am liebsten macht: für Ordnung sorgen in seinem Revier und, wenn möglich, auch für Gerechtigkeit. Er ist ein guter Polizist und im Laufe von achtunddreißig Jahren hat er ein Gespür für faule Geschichten entwickelt.

Die Kollegen sind es nicht gewohnt, ihn am Schreibtisch sitzen zu sehen. Deshalb werfen sie ihm neugierige Blicke zu, während sie geschäftig über den Flur des Polizeireviers laufen. Instinktiv schiebt er den linken Arm vor die Akte, die er eigentlich gar nicht besitzen dürfte. Ende letzter Woche wurde der Fall Maria Kramer abgeschlossen und die Unterlagen müssten schon auf dem Weg ins Archiv sein. Aber einer von der Karlsruher Kripo ist mit ihm befreundet und hat ihm die Akte mit den Worten zugesteckt: „Rückgabe in zwei Tagen und zwar unauffällig!"

Der Freund weiß, dass der Tod der jungen Frau Roeder nicht zur Ruhe kommen lässt.

Maria Kramer wurde noch nicht einmal 25 Jahre alt. An einem sonnigen Vormittag im Juni ist sie hier in Durlach zu Tode gestürzt. Vor den Augen ihrer vierjährigen Tochter und ihres Mannes. Es ist der Ehemann, der ihn umtreibt. Mit dem Mann stimmt etwas nicht, das hat er im Urin.

Roeder rutscht auf dem ausgeleierten Bürostuhl hin und her und legt versuchsweise den linken Fuß auf die herausgezogene Schreibtischschublade, spürt dankbar die Entlastung im pochenden Knöchel.

Er und der Kollege Holzbock waren auf Streife unterwegs, als der Notruf einging: Tödlicher Sturz vom alten Aussichtsturm! Ihr Wagen war mit Blaulicht und Sirene das Sträßchen zum Turmberg hochgerast und die erschrockenen Wanderer und Mountain-Biker mussten sich an den Seiten zwischen Gestrüpp und Brombeerranken in Sicherheit bringen. Unterhalb des mittelalterlichen Aussichtsturmes hatten sie die Unglücksstelle weiträumig mit weiß-rotem Absperrband gesichert und eventuelle Zeugen von der Horde Schaulustiger getrennt. Da hatte sie schon über Funk die Nachricht erreicht, dass auf der A 5 ein Lastwagen verunglückt war und alle drei Fahrbahnen blockierte. Die Kollegen von der Kripo in Karlsruhe steckten vorläufig fest und mit ihnen der Rechtsmediziner und die Leute von der Spurensicherung.

Der Kollege Holzbock begann mit einer vorläufigen Zeugenbefragung und Roeder kümmerte sich um den Ehemann der Toten. Der lief im Schatten des Turmes unruhig hin und her, mit hängenden Schultern und einem Gesicht wie aus Stein gehauen, die Augen starr auf den Boden gerichtet.

Roeder sprach ihm sein Beileid aus und fragte, ob Kramer imstande sei, über das Unglück zu sprechen. Der Mann schien ihn nicht gehört zu haben, aber bevor er seine Frage wiederholen konnte, setzte Kramers monotoner Singsang ein. „Maria ist in den letzten Wochen und Monaten, wie soll ich sagen, öfter melancholisch gewesen. Dann hat sie vor sich hingebrütet und kein Essen gekocht oder immer mal wieder Lisa bei Freundinnen vergessen." Er verhaspelte sich, suchte nach den richtigen Worten. „Ich meine, sie hat sie dort zu spät abgeholt."

Eine Weile stierte er vor sich hin. „Um ehrlich zu sein – ich habe mir schon Sorgen gemacht. Aber Maria hat dann gelacht und mir gesagt, sie wäre nur etwas müde."

Kramers Schultern waren noch tiefer gesackt.

„Aber da steckte mehr dahinter, ich spürte das, wollte sie aufheitern, verwöhnen. Ich hab mir Urlaub genommen, obwohl das verdammt schwierig war, Sie können meinen Chef fragen. In den Zoo sind wir gegangen und auf Spielplätze und waren im Europabad und Maria ging es richtig gut. Zumindest habe ich das geglaubt."

Kramer hatte geschluckt und auf den hellen Weidenkorb zu seinen Füßen gedeutet.

„Und heute wollten wir auf dem Turmberg picknicken. Mit der alten Standseilbahn hochfahren, den Turm besteigen und als Belohnung dann schön vespern."

Markus Kramer schlug die Hände vors Gesicht und gab ein Geräusch von sich, das an ein verwundetes Tier denken ließ. Roeder ließ ihm Zeit, sich zu beruhigen.

Ob es Schwierigkeiten in der Ehe gegeben habe, wollte er wissen. Kramer gab ein Geräusch von sich, das halb Schnauben, halb Schluchzen war.

„Ich habe sie geliebt! Geliebt!" Seine Stimme schraubte sich nach oben. „Geht das in Ihren verdammten kleinen Beamtenschädel? Ich habe sie geliebt!" Jedes Wort stieß er einzeln hervor, als wollte er es Roeder ins Gesicht schleudern.

Genau wie die Fäuste, die er unvermittelt hochriss. Unwillkürlich trat Roeder einen Schritt zurück, aber der Ehemann ließ abrupt die Hände sinken und fiel in sich zusammen, als hätte man ihm sein Knochengerüst gestohlen.

„Maria war glücklich mit mir! Das müssen Sie mir glauben!" Seine Stimme überschlug sich. „Und unsere Lisa hat sie mehr geliebt als ihr Leben. Nicht um alles in der Welt habe ich mir vorstellen können, dass sie sich das Leben nimmt!"

In dem Augenblick hatten beide Männer wie auf Kommando zu dem kleinen Mädchen hinübergeschaut, das, den Rücken an die staubroten Quader des Turmes gepresst, auf dem Boden saß und vor und zurück schaukelte, vor und zurück, und sich dabei die Hände auf die Ohren presste. Dass sie die ganze Zeit summte, ohne Anfang und ohne Ende, erfuhr Roeder später von der Sanitäterin, die sich um das Mädchen gekümmert hatte.

In dem Moment, als Roeder sich wieder dem Mann mit den pomadigen braunen Haaren zuwandte, fiel er ihm zum ersten Mal auf, dieser eigenartig triumphierende Zug um den Mund, der sofort verschwand, als Kramer seinen Blick spürte.

„Ich schwöre es bei allem, was mir heilig ist, ich habe einfach keine Erklärung dafür, warum Maria auf die Brüstung geklettert ist und noch weniger, warum sie sich ohne ein Abschiedswort hinuntergestürzt hat! Obwohl unsere Tochter auf meinem Arm saß!! Das Kind hat alles mitbekommen."

Ohne Vorwarnung fing er an zu schreien: „Ich bin schuld, ich alleine bin schuld! Weil ich nicht gesehen habe, dass Maria psychisch krank ist!", und dabei schlug er sich ins Gesicht, wieder und wieder, bis Roeder seine Hände festhielt.

Er gibt sich einen Ruck und öffnet die mausbraune Akte. Zuoberst ist der Bericht der Gerichtsmedizin abgeheftet. Bei der Autopsie wurden weder Drogen noch Alkohol im Blut der Toten gefunden. Ebenso wenig gab es Anzeichen für Fremdeinwirkung, weshalb davon auszugehen sei, dass Maria Kramer aus freien Stücken gesprungen ist. Selbstmord also.

Roeder seufzt, greift nach der Plastikhülle mit den Fotos. Obwohl er sich für einen abgebrühten Hund hält, tut er sich schwer mit den gestochen scharfen Aufnahmen. In grausamen Details hat die Kamera den geschundenen Körper der Toten eingefangen, grotesk verrenkte Glieder, ein zertrümmerter Schädel und all das Blut, das sich als dunkelroter See auf dem Pflaster gesammelt hat.

Als letztes Foto findet er den Schnappschuss, den Kramer widerwillig zur Verfügung gestellt hatte. Das Bild zeigt die Tote während ihrer Schwangerschaft. Maria Kramers Bauch unter der dünnen Bluse ist deutlich gerundet und trotzdem kann man sehen, wie zart sie ist. Schlanke Glieder, ein schöner Hals, am schönsten aber ist ihr Gesicht: hohe Wangenknochen, über die sich sehr helle Haut spannt, gesprenkelt mit winzig kleinen Sommersprossen, ein paar haben sich auch auf dem Nasenrücken angesiedelt. Ein weicher Mund und blaue Augen. Und dann natürlich ihre Haare, ein sehr helles Blond, fein, fast fedrig schmiegen sich die Locken um ihren Kopf. Ein bisschen sieht sie aus wie eine Elfe.

Bei den meisten Männern weckt eine solche Frau Beschützergefühle, Roeder nimmt sich da nicht aus. Mit einer heftigen Handbewegung schiebt er die Fotos wieder zusammen zurück in die Hülle, die Nahaufnahmen ihres Schädels lässt er ganz unten verschwinden.

Als die Leute von der Kripo und ihr Gefolge eine Stunde später auftauchten und das Kommando übernahmen, fuhren er und Holzbock zurück zur Wache, schrieben ihre Berichte und leiteten sie weiter an die Kripo in Karlsruhe. Und jetzt, sechs Wochen später, ist die Akte geschlossen worden.

Roeder überfliegt die Niederschrift der Zeugenaussagen. Eine Wandergruppe war über das Hexenstäffle auf den Turmberg gestiegen und hatte gerade Rast auf den Ruhebänken in der Nähe des Turmes eingelegt, als Maria Kramer gesprungen war. Jeder hatte etwas zu erzählen, aber so gut wie keiner etwas Wichtiges zu Protokoll gegeben. Dichtes Blattwerk hatte den Blick nach oben versperrt, sodass sie erst durch den gellenden Schrei auf die Tragödie aufmerksam geworden waren. Der Körper der jungen Frau sei wie ein reifer Kürbis auf dem Pflaster aufgeschlagen, war der einstimmige Kommentar.

Bei der Aussage einer siebzigjährigen Zeugin allerdings stutzt er kurz. Sie hatte unterhalb der Plattform gestanden und telefoniert und als der Körper auf das alte Pflaster klatschte, hatte sie instinktiv nach oben geschaut. „Da stand dieser Mann oben auf dem Turm mit dem Kind auf dem Arm, hat sich über das niedrige Geländer gebeugt und hinuntergestarrt. Sie habe noch bei sich gedacht, dass dringend mal jemand dem guten Mann beibringen müsse, wie man ein Kind richtig festhält."

Die letzte Aussage stammt von einem Vogelkundler, der bis ganz nach oben gestiegen war, um sein neues Fernglas auszuprobieren. Kurz nur habe er auf der Plattform unter sich die Frau gesehen, wie sie sich ängstlich an das niedrige Geländer klammerte. ‚Höhenangst' hatte er vermutet und sich wieder dem Himmel zugewandt, wo zwei Krähen Jagd auf einen Bussard machten.

Roeder schlägt die Akte zu, trommelt mit den Fingerspitzen auf die braune Pappe.

Was nur er weiß: Es fehlt eine Information in dieser Akte. Dass nämlich er den Witwer drei Tage nach dem Unglück noch einmal zu Hause aufgesucht hatte in der vagen Hoffnung, irgendwelche Ungereimtheiten zu finden.

Kramer ließ seine bohrenden Fragen kommentarlos über sich ergehen, bevor er zum Handy griff und seinen Anwalt anrief. Der sprach von Amtsanmaßung, da die untersuchende Behörde ja wohl die Karlsruher Kripo sei und nicht ein simpler Streifenpolizist. Und drohte mit Beschwerde, sollte er sich noch ein einziges Mal an seinen Mandanten wenden. Als Kramer das Handy zurück auf den Tisch legte, sah Roeder ihn wieder, diesen triumphierenden Zug um den Mund.

Er blättert noch einmal durch die Unterlagen, bis er das Protokoll der Aussage von Sonja Lange gefunden hat, die eine gute Woche nach dem Unglück auf dem Revier erschienen war. Sie pochte energisch darauf, dass man sie vor Ort anhörte, weil sie keine Lust verspüre, rüber nach Karlsruhe zu fahren. Und außerdem, er sei doch wohl die Person, die direkt nach der Katastrophe als erster vor Ort gewesen sei.

Frau Lange hielt sich nur kurz mit Vorreden auf.
„Ich bin erst heute früh aus dem Urlaub zurückgekommen, sonst hätte ich mich sofort bei Ihnen gemeldet. Eines kann ich Ihnen sagen: Niemals hat Maria Selbstmord begangen, nie! Beim letzten Wort schlug die hagere Frau mit der flachen Hand auf den Tisch, dass es knallte.
„Niemals hätte sie Lisa alleine zurückgelassen. Im Gegenteil!" Ihr Gesicht war puterrot angelaufen. Was sie mit diesem ‚im Gegenteil' meine, wollte Roeder wissen.
„Ich bin", Frau Lange hielt inne, korrigierte sich und wischte sich dabei über die Augen, „ich war Marias beste Freundin. Wir kennen uns schon seit unserer frühen Kindheit. Wir haben uns alles erzählt, und mit alles meine ich auch wirklich alles!" Sie putzte sich resolut die Nase.
„Maria war endlich so weit, dass sie sich scheiden lassen wollte. Seit mindestens zwei Jahren habe ich ihr zugeredet wie einem bockigen Esel. Aber jetzt war sie soweit. Hat mir versprochen, einen Termin mit einer Scheidungsanwältin auszumachen!"

„Dagegen spricht, dass in Frau Kramers Kalendern keinerlei Hinweise auf einen Termin bei wem auch immer zu finden war." Gespannt wartete Roeder auf ihre Reaktion.

Sonja Lange funkelte ihn an wie ein Giftzwerg. „Der Wichser hat Maria drangsaliert. Hat sie kurzgehalten und gedemütigt, wo er nur konnte. Jeden Abend hat er ihr Handy und den Laptop durchforstet, weil er wissen wollte, mit wem sie Kontakt hatte! Den einzigen Schlüssel für den Briefkasten hütete er wie einen Schatz. Sie lebte in einem Überwachungsstaat!!" Sonja Langes wütende Augen ließen ihn keine Sekunde los. „Er hatte Kameras in allen Räumen der Wohnung eingebaut, selbst im Klo! Wussten Sie das?" Triumphierend wartete sie auf seine Reaktion. Roeder war in der Tat ziemlich perplex und versuchte sich Kramers Wohnung ins Gedächtnis zu rufen. Ging im Geiste vom Flur in den Wohnraum, der penibel aufgeräumt wirkte. Nichts lag herum, keine Zeitschrift und kein Buch, kein Kugelschreiber und nicht ein einziges Spielzeug. Komisch, er konnte sich sofort an sein Unbehagen erinnern. Alles wirkte steril, wie verlassene Ausstellungsräume.

Und trotzdem waren da keine Kameras gewesen, nicht eine einzige, er war sich ganz sicher.

Die Freundin der Toten bemerkte seine Skepsis und ein Anflug von Verzweiflung kroch ihr ins Gesicht, trotzdem versuchte sie es noch einmal: „Und die Kameras waren da! Ich habe sie selber gesehen. Der Mistkerl hat sie in der Nähe der Deckenlampen angebracht, ganz unauffällig." Sie griff nach seinem Arm und schüttelte ihn heftig. „Ich traue ihm alles zu. Alles!" Der springende Punkt war: Sie konnte ihre Aussage nicht beweisen. Auch nicht, dass Kramer von den Scheidungsabsichten seiner Frau gewusst hatte.

Roeder nimmt den Fuß von der Schreibtischschublade und stemmt sich mit einem Schmerzenslaut aus dem quietschenden Drehsessel, reißt das Fenster auf und versucht den grünschillernden Brummer hinaus zu scheuchen. Als der sich weigert, greift er nach den Badischen Neuesten Nachrichten vom Vortag, schlägt kurz zu und entsorgt die Leiche im Papierkorb. Jetzt ist es still im Raum.

Ein Blick auf die Uhr zeigt, dass seine Schicht in zehn Minuten beendet ist. Er kramt in den Hosentaschen nach seinen Autoschlüsseln, klimpert kurz damit und gibt sich einen Ruck. Er wird Kramer die Nachricht von der Einstellung der Untersuchungen höchstpersönlich überbringen, auch wenn er damit erneut seine Kompetenzen überschreitet. Er muss ein letztes Mal dieses biedere Gesicht durchforsten nach dem verächtlichen Zucken um die Mundwinkel, das wie ein Juckreiz in seinem Hirn sitzt.

Er ruft Sonja Lange an. Fragt nach dem Kindergarten, in den Lisa geht. Erhält Adresse und Telefonnummer und den Hinweis, dass die Kleine für gewöhnlich um fünf Uhr von ihrem Vater abgeholt wird. Warum sie sich da so sicher ist, will er wissen. Ihre Antwort ist eindeutig: „Seitdem ich weiß, dass Lisas Mutter tot ist, beobachte ich den Mann, so oft ich kann. Ich traue ihm alles Schlechte zu."

Roeder fährt zur Kita, zeigt der Erzieherin seinen Ausweis und erklärt, dass er mit ihrem Vater hier verabredet sei. Die Frau mustert ihn aufmerksam, wirkt merkwürdig erleichtert. Sie gehen nach draußen auf die Spielwiese und nähern sich dem Sandkasten. Lassen sich im Schatten nieder, schlüpfen aus den Schuhen und bohren die Füße so tief in den Sand, bis sie Kühle verspüren.

Die Erzieherin gibt sich einen Ruck: „Ich weiß, wie Lisa ihre Mutter verloren hat und wir alle hier sind der Überzeugung, dass das Kind dringend psychologische Hilfe bräuchte. Aber Herr Kramer lehnt jede Einmischung ab! Von uns erwartet er zurückhaltende Unterstützung und sonst nichts. Der

Rest käme dann von alleine, Lisa sei robust." Die junge Frau mustert unsicher Roeders Gesicht, der nickt ihr aufmunternd zu.

„Wir alle sorgen uns um sie. Ihr Vater bringt sie morgens um viertel nach sieben her und holt sie abends pünktlich um 17 Uhr wieder ab. Er spricht nicht viel, eigentlich nur ‚Guten Morgen' und ‚Schönen Tag noch', das war's auch schon."

„Und Lisa?", will Roeder wissen, „was ist mit ihr?"

Die junge Frau denkt nach.

„Sie war nie ein wildes Kind, aber seit dem Tod ihrer Mutter ist sie unnatürlich still. Jeden Morgen geht sie wie ein Automat zur Puppenecke und greift nach immer den gleichen drei Puppen, einem Vater, einer Mutter und einer kleinen Schlenkerpuppe mit Babymütze. Und dann verteilt sie die Puppenfamilie: den Puppenvater stellt sie erhöht auf eine Holzkiste und die Mutter und ihr Kind in größtmöglicher Entfernung von ihm eng zusammengerückt am Boden sitzend. Und dann – nichts mehr! Sitzt bis zum Mittagessen stumm vor der kleinen Familie und macht nichts, nicht einmal am täglichen Singen hat sie Interesse. Und nach der Mittagsruhe geht es genau so weiter. Sie starrt die Puppenfamilie an, als wolle sie sich die für den Rest ihres Lebens einprägen."

Roeder schaut unauffällig zu der zierlichen Vierjährigen mit den blonden dünnen Haaren hinüber. Die Erzieherin folgt seinem Blick und spricht mit verändertem Tonfall weiter.

„Gestern Nachmittag allerdings hat sie sich zum ersten Mal mit den drei Puppen in den Garten verzogen, ist zum Sandkasten gegangen und dort auf den hölzernen Spielturm geklettert, so wie heute auch. Und wenn wir Glück haben, passiert das gleich noch einmal!", flüstert sie in Roeders Richtung.

Lisa platziert ihre Puppen auf der hölzernen Brüstung. Den Vater zusammen mit dem Baby, die Mutter ein Stück von den beiden entfernt. Sie nimmt die Vaterpuppe, packt mit seinen Händen die Stoffarme des Babys und lässt es über die Brüstung hängen, schwenkt es hin und her.

„Spring!" fordert sie mit tiefer Stimme und lässt den Puppenvater aufstampfen. „Spring oder ich lasse sie fallen".

Lisa starrt dabei die Puppenmutter mit ausdruckslosem Gesicht an. Sie wechselt die Rolle, wechselt die Tonlage, ist jetzt die Mutter. „Nein", schreit sie, und noch einmal „Nein!"

Der Puppenvater lacht dumpf auf. „Spring, oder ich lasse sie fallen!" Und tatsächlich scheint ihm das Kind aus den Händen zu rutschen. Lisa wimmert für das Baby, das an einem Arm über der Brüstung baumelt. Es ist der Schrei der Puppenmutter beim Sprung vom Spielturm, der Roeder bis ins Mark trifft. Und dass Lisa anschließend am Boden kauert, monoton hin und her schaukelt und dabei die Hände auf die Ohren presst und summt, ohne Anfang und ohne Ende.

Und als sie genug gesummt hat, beginnt sie mit dem Spiel von vorne. Solange, bis ihr Vater kommt, um sie abzuholen. Dann fängt sie an zu weinen.

Frau Engel sorgt vor

Sie ist immer eine Frau von Format gewesen: tüchtig, zu-
packend und vor allem vorausschauend. Frau Engel hasst
Überraschungen und überlässt nichts dem Zufall. Und
genau so wird sie es bis zum Schluss halten. Natürlich hat
sie keine Ahnung, wann ihr letzter Tag auf Erden sein wird.
Aber sie wird gewappnet sein. Im November feiert sie ihren
88. Geburtstag.
Bereits vor zwei Jahren hat sie ihr Testament geschrieben,
schließlich sollen ihre Besitztümer gerecht verteilt werden:
Das Häuschen bekommt der soziale Brennpunkt-Verein, die
Münzsammlung ihres Vaters vermacht sie Thomas, dem be-
hinderten Sohn ihrer Nachbarin. Und ihre gesamten Erspar-
nisse gehen an das hiesige Tierheim. Ihre Stiefschwester soll
die alte Standuhr von Tante Emilie erben. Genau wie die
zwölf Fotoalben, die sie seit vierzig Jahren unter ihrem Bett
hortet. Frau Engel hat ihre Stiefschwester noch nie leiden
können.
Dachboden und Keller sind entrümpelt, die Kleiderschränke
mehrfach durchforstet, überflüssigen Plunder hat sie dem
Pfennig-Basar gespendet. Ihr Haus und ihr Leben sind ge-
ordnet, sie könnte schon morgen vor das Angesicht des
Herrn treten. Obwohl, wenn schon, dann lieber übermor-
gen. Heute hat sie noch etwas zu erledigen.
Frau Engel kleidet sich sorgfältig an: den seidenen Unter-
rock, die weiße Spitzenbluse und das dunkelblaue Wollkos-
tüm, dazu ihre besten schwarzen Schuhe. Sie steckt die
Brosche ihrer Mutter aus geschnitzter Jade ans Revers, fährt
sich mit der Bürste durchs spinnenfeine Haar und hängt sich

die Handtasche über den Arm. Auf dem Weg zur Haustür legt sie vor dem Flurspiegel einen Zwischenstopp ein. Weiße Haare haben sich wie Flusen auf Kragen und Schultern niedergelassen. Sie zupft und bürstet und verbietet sich, genauer nachzuzählen. Dreht dreimal den Schlüssel im Schloss um und rüttelt zur Kontrolle am Griff.

Der einzige Bestattungsunternehmer am Ort übt sein Geschäft gleich hinter dem Friedhof aus. Kurze Wege, kein unnötiger Aufwand, Frau Engel honoriert solche Effizienz mit einem anerkennenden Kopfnicken.

Herr Besenreither scheint sein Handwerk zu verstehen, denn er zuckt mit keiner Wimper bei der Ankündigung, dass sie ihre Beerdigung in Angriff nehmen will. Im Gegenteil. Fachmännisch macht er sie mit der Ausführungsvielfalt der Särge vertraut, erklärt die Vorzüge der einzelnen Holzarten und zeigt ihr die unterschiedlichsten Möglichkeiten, die letzte Behausung zu schmücken. Frau Engels Wahl fällt auf einen soliden Kastensarg aus heller Eiche, hochglanzpoliert, dazu schnörkellose Griffe aus verzinktem Messing. Sie hat sich schon immer für Wertbeständiges begeistert.

Auch bei der Ausstattung setzt sie auf Qualität: Kühle weiße Seide soll den Sarg auskleiden. Den Kopf will sie auf ein hübsches Spitzenkissen legen und bei der Decke besteht sie auf hochwertigem Satin, verziert mit silbernen Noppen. Für ihr Sterbehemd besteht sie auf weißem Leinen mit einer glänzenden Paspel um den Ausschnitt. Leinen trägt sich so angenehm, vor allem wenn es warm ist.

Herr Besenreither lässt sich an seinem altmodischen Schreibtisch nieder und bearbeitet die Rechenmaschine. Die Rechnung lässt Frau Engel schlucken, aber sie bezahlt in bar. Als der geschäftstüchtige Bestatter auch noch über die bevorzugten Lagen auf dem heimischen Friedhof sprechen will, winkt sie entschieden ab. Noch auf dem Totenbett hat sie ihrem jüngeren Bruder Vincenz versprochen, dass sie ihn nicht alleine liegen lässt. Ihren Namen hat sie schon vor

Jahren in seinen Grabstein meißeln lassen. Nur das Sterbedatum fehlt noch.

Erst auf dem Heimweg fällt ihr das Wichtigste ein. Sie macht auf den Absatz kehrt und sucht das Spielwarengeschäft Erdmann am Marktplatz auf. Von der jungen Verkäuferin lässt sie sich alles vorführen, was Krach macht. Eine wirklich große Auswahl gibt es nicht. Nach gründlichem Nachdenken entscheidet sie sich gegen die Trommel, weil die zu viel Platz braucht. Ebenso wie die Trompete, zu lang und unhandlich, außerdem ist Frau Engel inzwischen ein wenig kurzatmig. Die Trillerpfeifen sind leider gerade nicht vorrätig. Ihre Wahl fällt schließlich auf eine Tröte: die liegt gut in der Hand, ist klein und feuerrot und weithin zu hören.

Sie kehrt noch einmal zu Herrn Besenreither zurück und verhandelt mit ihm. Der sträubt sich solange, bis sie ihm einen 20 € Schein zusteckt und die Tröte gleich hinterher. Er soll sie sorgfältig aufbewahren. Und ihr persönlich in die Hand drücken, bevor er den Sargdeckel schließt. Schwören muss er es, auf die Bibel.

Gut gelaunt macht sich Frau Engel auf den Heimweg, schlenkert dabei mit ihrer Handtasche. Nicht einmal dem Tod traut sie zu, dass er seinen Job ordentlich macht.

Drei in Reih und Glied

Jetzt verlässt du mich wieder. Mein Enkel. Fast schon ein halbes Jahr alt. Mit hellem Flaum auf dem Kopf, blauen Augen, die um die Iris herum ins Grüne changieren und einem kecken Zwergenkinn.

Mit einem Lächeln, das voller Hingabe ist an das Leben. Das mich schwach macht und Erinnerungen wachruft, die schön und schmerzhaft zugleich sind. Das mich einer so inbrünstigen Liebe ausliefert, dass ich erschrecke.

Mit drallen Ärmchen und stämmigen Beinen, die ihren Stand im Leben noch suchen, strampelst du mir entgegen. Die Tage mit dir sind voll glasklarer Intensität: Ich lausche deinem Atem, deinem maunzenden Wehklagen, dem wütenden Geheul, wenn dein Hunger nicht sofort gestillt wird. Zwei Leben im Augenblick.

Wir liegen beide auf der weichen Decke, die Gesichter einander zugewandt, lassen uns nicht aus den Augen. Ich stimme ein tiefes Aaaa an. Deine kaum sichtbaren Augenbrauen ziehen sich zusammen, vor Anstrengung presst du die Lippen aufeinander. Ich erhöhe die Tonlage: Aaaa. Du strahlst, öffnest deinen perfekten kleinen Mund. Bleibst stumm. Schaust mich konzentriert an und produzierst einen Ton. Wiederholst ihn und lässt dabei meine Lippen nicht aus den Augen. Das Aaaa geht über in ein Oooo. Ich greife es auf, wir singen. Ich die Tonleiter rauf und runter, du bleibst unerschütterlich bei deinem Oooo. Wir singen uns an. Vor Begeisterung zappelst du mit den Armen, deine Augen funkeln. Wenn du könntest würdest du platzen vor Stolz. Du lachst und gurrst und übst dein Oooo.

An mich geschmiegt drückst du dein Gesicht an meines, sabberst mich voll. Wir gehen zum Spiegel und du krähst vor Vergnügen über das Baby in der silbernen Scheibe. Ich sehe deine rosige Haut neben meiner und blicke schnell weg.

Gegenwart und Vergangenheit verschmelzen und eine jähe Traurigkeit macht meine Wangen feucht. Ich schaue dich an, mein Enkel, versuche mir jeden Zentimeter deines kleinen Körpers einzuprägen, keinen Laut zu verpassen, jedes Lächeln zu erwidern.

Ich sehe deinen Vater, meinen Sohn, spüre seine Liebe und Unsicherheit und den unbändigen Willen, es richtig zu machen.

Sehe uns Drei aufgereiht wie glänzende Perlen auf einer Schnur, du auf der einen Seite, ich auf der anderen, deinen Vater haben wir in die Mitte genommen. Deine Existenz rückt mich automatisch dem Ende zu. Vor mir ist keiner mehr.

Ich liebe dich, du kleiner Zwerg. Und lasse dich ziehen, winke dir und deinem Vater hinterher und ignoriere erfolgreich meine Traurigkeit.

Am Morgen nach deiner Abreise schlüpfe ich wie gewohnt in meinen Anzug, greife nach meiner Aktentasche und bin wieder ganz der Alte. Bis auf das Echo deines Glucksens in mir.

Die Zeit wird knapp

Bärbel stellt das Telefon vorsichtig auf die Ladestation zurück und lässt sich auf den Stuhl plumpsen. Starrt aus dem Fenster, das im strahlenden Sonnenschein die Spuren des verregneten Frühlings offenbart. Noch vier Tage.

Mit einem unterdrückten Seufzen stemmt sie sich wieder hoch, streicht die widerspenstigen Löckchen aus der Stirn und geht in die Küche. Erwin hat sich zur Feier des heutigen Tages etwas Besonderes zum Abendessen gewünscht. Förmlich gebrüllt hat er ins Telefon, dass die von der Personalabteilung sich um drei Monate verrechnet haben, die Trottel, und er ab Freitag zu Hause bleiben kann. Für immer. Angestrengt durchforstet Bärbel ihr Innerstes, kann aber beim besten Willen keine Freude empfinden. Klar, noch vor einem Jahr sehnte sie den Tag herbei, an dem er endlich in Rente geht. Aber jetzt?

Sie wandert durchs Wohnzimmer, bückt sich nach einer Fluse, rückt den Aschenbecher zurecht, schüttelt ein Kissen auf. Wie jeden Montag werden in zwei Stunden ihre Freundinnen zum Kaffee kommen. Sie versucht sich vorzustellen, Erwin wäre zu Hause und setzte sich mit dazu. Ihr wird schwindlig, sie muss sich am Vertiko festhalten. Wo könnte er sonst hin? Ins Schlafzimmer?

Und überhaupt: Wie sollen sie das mit dem Fernsehen halten: Sie ist es gewohnt, im Vorabendprogramm ‚Gute Zeiten, schlechte Zeiten' zu sehen, bevor sie sich um das Abendessen kümmert. Erwin interessiert sich nur für Werner Höfers ‚Frühschoppen'. Und danach kommen gleich Sportsendungen: Biathlon, Schwimmen, Fußball natürlich und Tennis, sogar fürs Ringen kann er sich begeistern. Hauptsache, er muss sich nicht selber bewegen.

Kleine Schweißperlen sammeln sich über ihren Augenbrauen. Sie hat immer an ihrem Mann herumgemeckert, weil er keine Anstalten gemacht hat, selber am Herd zu stehen. Andere Männer diskutieren mit dem Metzger über die beste Art, ein saftiges Kotelett zu braten und berufen sich auf Alfred Biolek und Konsorten – ihr Erwin nicht. Was aber, wenn sich das jetzt plötzlich ändert? Wenn er sich in ihrer Küche breitmacht? Mittlere Panik lässt sie mit den Fingerspitzen über die glatte Oberfläche des Ceranfeldes streichen. Sie will nicht, dass er ihre Küche einsaut, ihre Ordnung durcheinanderbringt. Und schon gar nicht will sie, dass er besser kocht als sie. Bärbel schaut sich in ihrer kleinen Küche um. Hier kann nur einer regieren, und das ist sie.

Überhaupt: kleine Küche. Alles kommt ihr plötzlich mickrig vor, Schlafzimmer, Wohnzimmer mit Essecke und die Küche. Ausreichend für zwei Personen, klar, wenn die eine Person nur abends und am Wochenende zu Hause ist. Aber beide da, 24 Stunden am Tag, sieben Tage die Woche, zwölf Monate im Jahr. Sie braucht frische Luft, reißt die Balkontür auf und starrt hinaus. Der Balkon ist auch klein, geradezu winzig. Und überhaupt hat sie das Gefühl, als wären die Wände in der letzten halben Stunde an sie herangerobbt.

In vier Tagen wird Erwin zu Hause bleiben. Dann sind sie zusammen. Für immer!!

Bärbel meint, erste Anzeichen eines Asthmaanfalls zu spüren. Nicht dass sie schon jemals Asthma gehabt hätte, aber sie fühlt so eine Beklemmung in der Brust und das Atmen fällt ihr schwer. Nur noch vier Tage.

Ihre Eltern fallen ihr ein. Sie muss an den Winter denken, in dem ihr Vater pensioniert wurde und die Mutter innerhalb von Tagen die Nerven verlor. Und wie sich die ganze Verwandtschaft köstlich amüsierte, als die Mutter ihren Ehemann zum Teppichknüpfen in den Keller schickte. Und an die entsetzten Gesichter, als für jeden von ihnen handgeknüpfte ‚Betende Hände' mit einem unheimlichen Stich ins Grüne unterm Tannenbaum lagen. Bärbel denkt konzentriert nach, aber nein, ihr eigener Keller ist wahrscheinlich auch zu klein. Schade.

Mit erschreckender Deutlichkeit wird ihr klar, dass nur noch wenig Zeit bleibt, einen Plan zu entwickeln, einen guten Plan. Sie hängt sich ans Telefon und lädt ihre Freundinnen aus. Kocht sich einen starken Kaffee, holt einen karierten Block, spitzt einen Bleistift und wartet auf eine Eingebung. Sie malt eine 1 mit einem Punkt.

1. Die Pässe müssen erneuert werden. Gut.
2. Zwei Paar von Erwins Schuhen sind schiefgelaufen und müssen zum Schuster. Auch gut.
3. Die Steuererklärung ist fällig. Bärbel könnte zum ersten Mal in ihrem Leben eine Behörde umarmen.
4. Viertens bleibt lange leer. Der Bleistift muss dafür büßen. Sie entscheidet spontan, dass sie zum ersten Mal seit 23 Jahren nicht nach St.-Peter-Ording fahren werden.
5. Erwin muss den Sommerurlaub austüfteln.
   Sie werden – irgendwohin fahren, wo sie noch nie waren. Bärbel hält kurz inne und entscheidet dann: An den Lago Maggiore. Erwin kann kein Italienisch!
6. Deshalb muss er sich zum Italienischkurs anmelden. Sie entspannt sich und isst ein weiteres Stück von der Sachertorte, die sie gebacken hat.
7. Erwin muss die Fahrräder auf Vordermann bringen und Touren ausarbeiten und
8. Einen Ersatzfernseher kaufen fürs Schlafzimmer – sie kontrolliert die Bankauszüge, ob auch ein größerer Apparat drin ist, nickt zufrieden, 500 Mark können sie locker abzweigen.
9., 10., und 11. fallen ihr wie von selbst ein. Als sie bei
12. Dachboden aufräumen angekommen ist, glättet sich

die Falten auf ihrer Stirn. Wenn sie jetzt noch eine Beschäftigung für Erwin für die Montagnachmittage findet ...

Sie greift zum Telefonhörer, lädt ihre Freundinnen wieder ein und stellt eine Flasche Prosecco ins Gefrierfach, Erwin liebt Prosecco. Anschließend fährt sie mit dem Lift ins Untergeschoß und misst den Keller aus, erstellt einen Grundrissplan, zeichnet Tür und Fenster ein. Nickt. Fährt wieder hoch in den dritten Stock und heftet einen Merkzettel an die Pinnwand im Flur. Darauf steht akkurat untereinander:

Handarbeitsgeschäft!

Arbeitsmaterial plus Knüpfnadel!!

Möglichst aufwändiges Muster!!!

Sie holt den Prosecco aus dem Gefrierfach und lässt den Korken knallen. Füllt ein Glas bis zum Rand und prostet sich zu. Jetzt kann Erwin kommen!

Treibgut

Seit der Hiobsbotschaft nach ihrem letzten Krankenhausaufenthalt ist Selma Möhring zur Sammlerin geworden. Sie sammelt Gerüche, Geschmacksnoten, Töne, Farben und Gefühle. Sie hat sich dazu erzogen, mit einem Minimum an Schlaf auszukommen, denn früh genug wird sie nichts anderes mehr tun als schlafen. An dieser Stelle scheut ihr Verstand wie ein nervöses Pferd, will ausbrechen und davonjagen bis ans Ende der Welt.

Frau Möhring wünschte sich mehr Zeit, um all den Reichtum und die Schönheiten, die sie umgeben, aufzusaugen, zu konservieren und zu archivieren. Sie hat sich angewöhnt, mit äußerster Konzentration zu essen und zu trinken, versucht auf den Punkt genau zu beschreiben, wie dieser Wein schmeckt, diese Sauce. Voller Faszination lässt sie sich die unterschiedlichen Brotsorten auf der Zunge zergehen, spürt ihrem Geschmack nach: nussig, leicht bitter, nach Malz oder Kümmel schmeckend. Himmel, sie kann beim besten Willen nicht mehr verstehen, dass sie früher immer den gleichen faden Toast gegessen hat. Früher. Da waren ihr auch Gesichter egal, da hat sie die Schönheit von Falten nicht erkannt und nicht die Spuren der Vergänglichkeit menschlicher Körper geliebt.

Die alte Frau unterdrückt einen Seufzer und konzentriert sich wieder auf ihre aktuelle Lieblingsbeschäftigung: das Sammeln von Landschaften. Für heute hat sie den Rhein auserkoren, diesen ungeheuer vitalen Fluss, den sie seit Kindesbeinen kennt und doch nicht müde wird zu betrachten. In der Schweiz muss es mächtig geregnet haben, denn selbst der weite Weg bis Koblenz hat ihn nicht beruhigen können. Das Wasser ist trübbraun und ungebärdig, immer wieder bilden sich Strudel, in denen Zweige und Äste zum Hexentanz gezwungen werden. Sie arretiert die Bremsen ihres Rollators und lässt sich ächzend auf dem Sitz nieder.

Mist. Wenn sie sitzt, kann sie nicht über das Geländer der Pfaffendorfer Brücke schauen, also hievt Selma Möhring sich ächzend wieder hoch und stützt sich auf die Balustrade. Sie bedauert, dass sie kein Kissen mitgenommen hat, die Kälte des Metallgeländers dringt durch ihren Wollmantel und lässt sie frösteln.

Während sie zu entscheiden versucht, ob der Rhein heute eher ‚savannenbraun‘ oder mehr ‚schlammpfützig‘ ist, landet eine Möwe kaum einen Meter von ihr entfernt auf dem Geländer, stößt ein durchdringendes, scharfes „Chärrr" aus und starrt mit kalten Augen zu ihr herüber. Selma Möhring hangelt sich so unauffällig wie möglich ein Stück zur Seite, weg von der Möwe. Sie macht sich ganz allgemein nichts aus Vögeln, aber Möwen sind ihr unheimlich. Sie kann die langen, spitzen Flügel nicht leiden und auch nicht das triste grauweiß getönte Federkleid. Am meisten allerdings fürchtet sie sich vor den kräftigen Schnäbeln mit ihrem etwas nach unten gekrümmtem Oberschnabel. Wie leicht könnten die selbst Knochen knacken. Frau Möhring starrt auf ihre gichtgekrümmten Finger, die die Brüstung umklammern und beginnt mit fahrigen Bewegungen nach ihrem Rollator zu tasten. Sie wirft einen letzten Blick hinunter auf den Fluss und meint einen irritierenden Moment lang, einen Menschen da unten in den braunen Fluten treiben zu sehen, einen nackten Menschen. Sie muss an die fahle Haut gekochter Milch denken, aber da wird, was immer da unten schwimmt,

von den grau-weiß-schwarz gesprenkelten Schwingen un-
zähliger Möwen verdeckt, die sich mit aggressiven hohen
Schreien den unverhofften Landeplatz streitig machen.

Selma Möhring braucht ungewöhnlich lange für den Heimweg, immer wieder hat sie Schwierigkeiten mit der Atmung,
muss sich konzentrieren, einatmen, ausatmen, einatmen.
Vielleicht sollte sie wegen dieser Aussetzer zum Arzt gehen.

Betrug

Die Füße
sind nicht meine
auch der Rest
gehört mir nicht

„Hier ist meine Prinzessin", sagt Bruno und tätschelt mir den Hintern. Dann führt er mich dem nächsten Kunden zu. Bruno war nicht immer so zufrieden mit mir, aber ich habe gelernt, was gut für mich ist. Mittlerweile erfülle ich alle Wünsche, bin herrisch und unterwürfig, zärtlich und gemein, wollüstig. Oder sehr jung.
„Dein Körper ist mein Kapital", sagt er und lässt mir wenig zum Leben.
Aber er hat Recht, ich bin schön anzusehen, meine Glieder sind biegsam wie Federn und halten viel aus. Was mir an Busen fehlt, macht der Hintern wett. Noch ist meine Haut jugendfrisch und glatt. Das verdanke ich Brunos einzigem Verbot: Keine Schläge! Die hinterlassen so hässliche Spuren. Am schönsten aber ist mein Mund, rot und üppig und sehr talentiert. Manchmal schieße ich damit übers Ziel hinaus, dann ist Bruno alarmiert.

Vergessen

Ich kann Vogelkäfige nicht leiden. Vögel auch nicht. Dieser da scheint ein besonders dummes Exemplar zu sein, jetzt steht das Türchen seit einer Ewigkeit sperrangelweit offen und der Spatz ist zu blöd, um Reißaus zu nehmen. Oder ist es eine Kanarie? Für einen Papagei jedenfalls kommt er mir zu klein vor, geradezu winzig ist er, wie er da auf seiner Stange sitzt und angestrengt in Richtung Freiheit äugt. Wütend stoße ich mit der Schere nach ihm, treffe aber nur die Gitterstäbe. Mist. Der Käfig schwingt hin und her, hin und her, man könnte das Kotzen kriegen. Und der alberne Federkerl krallt sich an der Holzstange fest, als hinge sein Leben dran. Raus muss er, raus, verdammt, ich mach dir Beine, du dummes Vieh.

Die Frau schlägt mir auf die Hände, das tut gemein weh, ich könnte schreien. Aber dafür ist keine Zeit, ich lasse ihn nicht los, den Fön, um keinen Preis, mache dem Vogel anständig Dampf unterm Hintern, die Kanarie kreischt um ihr Leben, die Frau kreischt voller Wut und ich kreische auch, allerdings vor Lachen. Weil, der Vogel sieht einfach lächerlich aus, wie ein aufgepusteter Staubwedel, so ein federiger. Und der Fön bläst auf Hochtouren, meine Hände sind schon ganz heiß und ich muss immer noch lachen und ... Die Frau hat den Stecker gezogen, es wird ganz still, nur der Vogel zetert noch.

Und dann fängt sie an zu weinen. Ziemlich eklig sieht das aus, wie der Rotz als glibberiger Wurm aus ihrer verquollenen Nase fließt und Zuflucht in ihrem Mundwinkel sucht, pfui Teufel, hat die denn kein Beuteltuch? Ich kann das nicht mit ansehen, suche im Rockbund nach einem dieser Dinger aus Papier, kann nichts finden, reiche ihr den Saum meines Nachthemds, damit sie sich endlich die Nase schnauft. Aber die Frau schlägt mir schon wieder auf die Hände, schlägt mich weg, so fest, dass meine Rippen ordentlich federn.

Was für eine böse Frau. Und so hässlich. Ihre pralle Nase sieht aus wie eine gekochte Kartoffel, das kenne ich, das kommt vom vielen Heuen. Aber der Rest vom Gesicht hat viel zu viel Haut, das wellt sich und hängt und faltet sich zu Lappen unter den Augen, die die Farbe von..., die die Farbe von Kacka haben. Zufrieden begutachte ich noch einmal die kackafarbenen Augen, den schlaffen Mund.

„Wie kann ein Mensch nur so hässlich sein?" frage ich sie, „Ich könnte kotzen, wenn ich dich sehe!"

Die Frau steht stocksteif, ihre Augen glühen derart, dass mir heiß wird. Dann geht sie schnell aus dem Zimmer, nein, sie rennt. Den Vogelkäfig schlenkert sie hinter sich her.

Ich schaue auf die Uhr, die nicht an meinem Handgelenk ist. Walter. Was wird er sagen, wenn das Essen noch nicht fertig ist? Ich meine, Walter ist nicht übermäßig streng mit mir, aber er hat schon gerne seine Ordnung. Mein Blick fällt auf die Tischdecke, den Fußboden. Mein Gott, welcher Sturm hat denn hier gewütet? Jede glatte Fläche rund um den Tisch ist mit einem dünnen Film aus Sand, Körnern und kleinen grauweißen Sprengseln überzogen, von dem ich gar nicht wissen will, was es ist. Hier und da zarte gelbe und grüne Federchen. Ich humple zum Fenster, so schnell ich kann, will es schließen, bevor die nächste Böe noch mehr Unheil anrichtet. Der Himmel draußen ist gnadenlos blau und die Sonne grellt herunter, dass mir die Augen wehtun. Ich habe gar nicht gewusst, dass es Sommer ist.

Sommer.

Gestern war doch erst Frühling. Der schwüle Duft der Hyazinthen hat mich zum Weinen gebracht, ich erinnere mich genau.

Die Schlieren vor meinen Augen wollen einfach nicht weggehen, nicht mal, wenn ich die Augendeckel ganz fest auf die Unterdeckel presse.

Vielleicht sollte ich mich einen Moment ausruhen. Wenn nur nicht das Bett so weit weg wäre.

Ist das überhaupt mein Bett? Es riecht schrecklich unappetitlich, nach ungewaschen. Und nach Pipi riecht es auch, sehr sogar.

Wie lange dauert es von Frühling bis Sommer? Ich versuche mich zu erinnern. März, April. Und dann kommt noch ein Monat. Und dann ist Jun. Und im Jun fängt der Sommer an. Ich schaue konzentriert Richtung Fenster. Die Blätter des Baumes dort draußen sehen lumpig aus, zu viel Hitze, zu wenig Wasser. Hoher Sommer also. Nicht mehr Jun und nicht mehr Julo. August vermutlich. August schon.

Warum ist der verfluchte Vogel nicht weggeflogen? Warum hat er wie hypnotisiert auf das offene Türchen gestarrt und ist nicht abgehauen? Warum?! Bei jedem Warum schlage ich mit dem Kopf gegen die Wand, garniere sie mit den fettigen Abdrücken meiner Stirn. So blöd kann doch keiner sein, nicht abzuhauen, solange es noch möglich ist. Vielleicht hat er vergessen, wie fliegen geht, fällt mir ein. Oder er weiß nicht mehr, wozu ein Ausweg gut ist.

Ich habe schon wieder Schlieren vor den Augen, egal wie wild ich plinkere, kann nicht klar sehen, nicht mal, wenn ich zum Fenster schaue. Ich setze mich raschelnd auf, klettere aus dem Bett und fange an, all die klitzekleinen Federn einzusammeln. Sie sind so zart, es bricht mir das Herz.

Erst als ich mich auf dem einzigen Stuhl im Zimmer niederlasse, erreicht das Rascheln mein Gehirn. Raschel, raschel, Rosen, die Buben tragen Hosen, die Mädchen tragen ...

Nicht weiterdenken, NICHT WEITERDENKEN. Silbe für Silbe will ich mir die Worte aus dem Kopf schlagen, aber meine Hände führen ein grotesques Eigenleben, gleiten an

den Hüften hinab, greifen zwischen meine Beine und - finden es, das matte Rascheln.
Warum bin ich nicht rechtzeitig davongeflogen!?!

Viola oder Veilchen trifft Ente

Gibt es einen besonderen Grund, warum du so langsam fährst? Die Geschwindigkeitsbegrenzung ist schon längst aufgehoben." Roberts Stimme ist gleichmäßig freundlich. Auch sein Gesichtsausdruck ist freundlich, so wie immer, wenn er sie liebevoll beim Autofahren unterstützt. Wenn er sie dann auch noch ‚mein Veilchen' nennt... Viola presst die Lippen aufeinander, starrt geradeaus und bringt den schweren Wagen wieder auf Tempo 160.

Pest aber auch, jetzt spielen die Laster verrückt – zwei, drei Brummis setzen den linken Blinker und scheren auch schon im gleichen Augenblick aus, schieben sich mit der Grazie von Elefanten vor sie. Viola steigt auf die Bremse, hat Mühe, den Wagen in der Spur zu halten. Aus den Augenwinkeln sieht sie, dass Robert mit der Rechten den Griff über der Beifahrertür umklammert und verärgert die Stirn runzelt. Seinen Kommentar bekommt sie gar nicht mit, weil sie wie gebannt auf das Hindernis starrt, um das die Lkws einen so großen Bogen fahren. Ein altersgrauer 2CV zuckelt auf der rechten Spur mit höchstens 80 Stundenkilometer, die Seitenfenster nach oben geklappt, am Steuer eine sehr junge Frau, deren kastanienbraune langen Haare im Wind flattern wie eine Fahne. Der Mann neben ihr lacht unbekümmert zu Viola herüber und hebt grüßend die Hand.

Eh sie sich versieht, hat sie zurückgewinkt, ein bisschen verschämt, aber immerhin. Robert macht eine Bemerkung über alte Rostlauben, die längst auf den Schrott gehören und schnaubt vernehmlich durch die Nase. Viola rechnet schnell nach, wie lange es her ist, dass sie selber eine Ente fuhr und kommt auf fast 38 Jahre, du meine Güte! Dabei meint sie, noch den betörenden Geruch der Lavendelfelder in der Nase zu haben und warmen Fahrtwind zu spüren, der eine Brise vom Meer mit sich trägt. Und Jacques neben sich, der seine linke Hand stets auf ihrem sonnenheißen Oberschenkel liegen hatte. Das Leben hatte gelockt wie ein einziges großes Abenteuer.

Es hat sich so nicht erfüllt, Viola schielt zu Robert hinüber. Er ist ein guter Mann, sie unterdrückt einen Seufzer, aber kein aufregender. Und sie selber? Ein zweiter Seufzer, tiefer diesmal und laut, und trotzdem geht er unter in gellenden Fanfarenklängen, die sich mit dem wütenden Aufblinken einer Lichthupe abwechseln, keine drei Meter von ihren Rücklichtern entfernt. Erschrocken gibt sie Gas, zieht an dem 2CV vorbei, schließt zu ihrem Vordermann auf und ist erleichtert, als der wütende Lasterfahrer hinter ihr in einer langgezogenen Kurve verschwindet.

Robert sagt kein Wort. Erst am nächsten Parkplatz bittet er sie zu halten und wechselt mit ihr die Plätze. Die Strecke Frankfurt – Karlsruhe legt er in neuer Rekordzeit zurück.

Viola steht am Gartentor und winkt dem Geländewagen lange hinterher. Wie jedes Jahr Ende September fährt Robert für knapp zwei Wochen mit Freunden zur Jagd in den Danziger Forst. Energisch pustet sie sich eine widerspenstige Strähne aus der Stirn, rückt ihre Goldrandbrille zurecht und geht zurück zum Haus. Als erstes wird sie den Keller auf Vordermann bringen.

Am Ende der ersten Woche gibt es nichts mehr zu tun, selbst der Dachboden ist aufgeräumt, die toten Insekten eines ganzen Jahres sind zusammengefegt und der Zementboden leuchtet wieder in einem schönen Grau.

Im Bad betrachtet sie ihr schmales Gesicht im Spiegel. Die Haare mit den silbernen Fäden, die sich ohne große Vorankündigung im Dunkelbraun breitgemacht haben, sind im Nacken mit einem Haargummi zusammengehalten. Sie löst den Gummi und schon hängen sie wie herbstlicher Schnittlauch bis auf ihre Schultern. Wie sie wohl mit lockigen Haaren aussehen würde? Oder mit einem anderen Haarschnitt? Sie sollte einmal Yussuf fragen, ihren Friseur. Der wird wissen, was zu ihr passt.

Das Telefon klingelt. Sie braucht gar nicht auf das Display zu schauen, schon der gebieterische Klang kündet ihre Mutter an. Violas Nacken verspannt sich. Ihre Mutter lebt in einem pittoresken Häuschen mit herrlichem Bauerngarten in Niederbayern. Alleine. Mit 85 Jahren. Lebenslustig und vital. Und ausgesprochen halsstarrig. Schneidet sie das Thema ‚Hilfe im Haushalt' an, was sie ungefähr zweimal im Jahr macht, hält sich ihre Mutter einfach die Ohren zu. Professionelle Unterstützung lehnt sie rundweg ab. Nur Viola darf ihr helfen.

Mutter also. Die Stimme am Telefon ist klar und präzise: Fensterputzen und Gardinenwaschen stehen an. Und die Hecken müssen geschnitten werden. Viola möge bitte kommen. Das ‚bitte' klingt sehr nach einem Befehl. Und ja, die Blumen müssen auch winterfest gemacht werden. Dann legt sie auf.

Noch am gleichen Nachmittag packt Viola einen kleinen Koffer, denkt an Gummihandschuhe und ihre Profi-Gartenschere und vergisst auch nicht ein Präsent für ihre Mutter zu verstauen. Sie schließt die Haustür zweimal ab, holt den alten Seat aus der Garage und verstaut ihr Gepäck im Kofferraum. Sie muss noch tanken, die Anzeige steht schon auf Reserve.

Langsam biegt sie auf das Tankstellengelände ein und sucht die Zapfsäulen ab nach einem freien Platz. Alles besetzt. An den vielen Familienkutschen mit zappeligen Kindern drin merkt sie, dass die Herbstferien begonnen haben.

Geduldig ordnet sie sich hinter einem rostigen Mustang mit aufgesetztem Spoiler ein, stellt den Motor ab. Schaut einem

Motorradfahrer hinterher, dessen Maschine Fehlzündungen produziert und einem alten Mann, der steif aus seinem protzigen Porsche klettert. Auf der Beifahrerseite zieht sich ein blondes Püppchen gerade die Lippen nach. Bestimmt nicht seine Tochter, denkt sie und wundert sich, dass sie das aufkommende giftig grüne Gefühl ziemlich genau in Gallennähe verorten kann.

Weiter vorne, halb verdeckt vom Anbau der Waschanlage, steht ein Wagen, dessen verblichene Lackierung schäbig aussieht inmitten der vielen metallisch glänzenden Karosserien auf dem Gelände. Ein prüfender Blick zu den Zapfsäulen und schon suchen ihre Augen wieder den roten Wagen. Es ist nicht nur die Farbe, die ihre Aufmerksamkeit geweckt hat. Auch die Kontur des Wagens kommt ihr bekannt vor... Viola setzt ihren Seat zurück, schert aus der Schlange aus und stellt den Motor ab. Schlendert hinüber zur Waschanlage und schaut sich das Gefährt näher an. Es ist eine alte Ente, von der Sonne so ausgebleicht, dass der Lack an ein rosa Marzipanschwein erinnert. Der Stoff des ehemals schwarzen Faltdaches hat die Farbe von Asphalt angenommen. Viola fährt mit der Hand über den rauen Lack, den Stoff, öffnet die quietschende Tür. Die Polster sind verschossen, aber noch intakt, was vermutlich an den Kissen im schwarz-weißen Kuhfelldesign liegt, die auf den Sitzen liegen. Soweit sie es beurteilen kann, haben die Reifen noch ausreichend Profil. Ihr Blick wandert zum Preis auf dem handgemalten Schild, das mit Tesafilm an der Seitenscheibe angebracht ist: 2500 €. Sie hat keine Ahnung, ob das angemessen ist, aber feilschen wird sie auf keinen Fall.

Viola bietet dem Tankstellenpächter ihren Seat zum Tausch an, aber der hat nur ein müdes Lächeln für ihren Vorschlag übrig. 2500 € bar auf die Hand, sonst geht gar nichts. Sie steigt wieder in ihren verschmähten Wagen, tankt für zehn Euro, fährt zur Bank und hebt das Geld ab. Den Gedanken an Robert verdrängt sie sofort.

Eine Stunde später ist der Kaufvertrag unterschrieben, die Ente gehört jetzt unwiderruflich ihr. Sie ist vollgetankt und mit ihrem Köfferchen beladen. Viola hat dem Tankstellenbesitzer schriftlich zugesagt, den Wagen innerhalb von drei Tagen auf ihren Namen umzumelden. Im Gegenzug hat er sich schriftlich bereiterklärt, einen Käufer für den Seat zu suchen. ‚Höchstgebot – mindestens aber 1500 €', steht jetzt auf dem Preisschild.

Sie stellt den Fahrersitz ein und die Spiegel, macht sich mit den wenigen Instrumenten vertraut. Die altmodische Krückstockschaltung liegt in ihrer Hand, als hätte sie nie ein anderes Auto gefahren. Ungläubig lacht sie auf, noch nie hat sie etwas so Blödsinniges gemacht. In ihrem Magen schäumt es wie Champagner.

Der Start ist noch ruppig, der Wagen bockt wie ein störrischer Esel, aber nach wenigen Kilometern durch unbelebtes Industriegelände ist er ihr so vertraut, als hätte es nie einen anderen Wagen gegeben. Sie lässt sich treiben, fährt Landstraße statt Autobahn. Die Menschen am Weg lächeln ihr und ihrem Auto zu, winken und selbst das Hupen der Laster hört sich vergnügt an. Viola schiebt das Faltdach nach hinten und fragt sich kurz, ob es je wieder schließen wird. Sie genießt den sonnenwarmen Wind, klappt ihr Seitenfenster hoch und wird nun vollends betört vom Duft frisch gemähter Wiesen. An einem kleinen Bach macht sie Rast, lässt die Füße im kühlen Wasser baumeln, lauscht dem Summen der Insekten und schaut den Kühen beim Grasen zu. Sie kann so viel Idylle kaum aushalten.

Braucht sie auch nicht, denn mit der Idylle ist es vorbei, als sie weiterfahren will. Der Wagen springt nicht an. Der Anlasser gibt nur ein winziges Geräusch von sich. Aber selbst das wird von Mal zu Mal weniger. Sie hat nicht die geringste Ahnung, was dem Auto fehlt.

Nach einem strammen Fußmarsch über die Felder erreicht sie einen Bauern, der mit seinem Traktor Heuballen auf einen Anhänger lädt. Für 100 € erklärt er sich bereit, die Ente abzuschleppen bis zur einzigen Werkstatt im Ort. Der Chef dort sei Italiener und habe bis jetzt noch jedes Fahrzeug wieder in Schuss gekriegt. Viola will ihm nur zu gerne glauben.

Bis auf einen knallgelb lackierten Fiat-Spider, der über einer Grube steht, ist die Werkstatt leer. Der drahtige Mann im ölverschmierten Overall, der aus dem Nebengebäude tritt, grüßt zwar freundlich, hat aber eigentlich nur Augen für ihr Auto. Andächtig öffnet er die Motorhaube, richtet hier etwas und dreht dort ein wenig und scheint eins zu werden mit dem Innenleben der Ente. Als sein Oberkörper nach einer Ewigkeit wieder aus dem Motorraum auftaucht, hat er dann Augen für sie. Seit wann sie dieses Prachtstück von einem Auto habe, will er wissen, und woher sie komme, wohin sie wolle. Sie ist bezaubert von seinem deutsch-italienischen Kauderwelsch. Und seinen Augen, dunkel wie Lebkuchen mit Zartbitterschokolade überzogen.

Obwohl Viola aus der Übung ist, ist sie ziemlich sicher, dass der Mann mit ihr flirtet, obwohl er nur halb bei der Sache ist. Ständig lauscht er in Richtung einer Tür, die ins Wohnhaus führt. In unregelmäßigen Abständen tönt von dort eine schrille Frauenstimme herüber, begleitet vom Schlagen von Türen. Der Mann, der sich als Antonio vorgestellt hat, zuckt bei jedem neuen Knall kaum merklich zusammen. Unbehaglich schaut er Viola an und zieht die Schultern hoch: „Maria, mein Frau. Hat viele Temperamente un is serr, wie sagte man... eifersichtlich?!"

„Hat sie denn Grund dafür?" Ehe sie sich bremsen kann, hat Viola die Frage gestellt. Sie kann nur den Kopf über sich schütteln, schließlich hält sie sich sonst aus den Angelegenheiten anderer Leute heraus. Antonio schaut sie mit jener Art von Treuherzigkeit an, zu der ihres Wissens nur Italiener imstande sind. „Bin isch imme treu, Maria wille nix glaube." In diesem Augenblick wird die Tür aufgerissen, eine

beleibte Frau mittleren Alters in einer geblümten Kittel-
schürze stößt wüste Beschimpfungen aus und schmeißt die
Tür wieder zu. Viola hat kein Wort verstanden, aber ein
Blick in Antonios Gesicht bestätigt ihre Vermutung: Es
waren wüste Beschimpfungen. „Manschemal isch denken,
Maria bös Frau!"

Die böse Frau reißt erneut die Tür auf und eine Porzellan-
schüssel segelt durch die Werkstatt, zerschellt auf dem Be-
tonboden. Ein Knäuel Makkaroni verteilt sich auf dem öligen
Grau und sieht aus wie ein Nest dünner, weißer Schlangen.
Ohne Übergang fragt er: „Kenne Sie Apullia? Dann Sie
kenne vielleicht au Peschici?" Erwartungsvoll schaut er sie
an. Viola schüttelt den Kopf. „Schön alt Stadt, mein Heimat.
Liegte an die MITELMER!" Immer noch lassen die Lebku-
chenaugen sie nicht los, sie braucht die Antwort gar nicht
auszusprechen. „Aber wenn doch, dann gehe zu Trattoria
da Pietro in Via Coloni, is ganz eng bei Cattedrale. Capisci?
Gehörte mio fratello ..." Weiter kommt er nicht. Die Tür
wird erneut aufgerissen, Signora marschiert entschlossenen
Schrittes zum gelben Fiat-Spider und tritt mit aller Kraft
gegen den rechten Kotflügel. Und noch einmal. Metall ächzt
und gibt mit einem hässlichen Geräusch nach. Maria stemmt
die Fäuste in die Hüften und schaut ihren Mann triumphierend an.

Dunkle Röte kriecht vom Hals hinauf in Antonios Gesicht,
setzt sich fest. Sekundenlang starrt er seine Frau an, starrt
Viola an, und dann wieder seine Frau. Mit zwei entschlossenen Schritten ist er bei Viola, packt sie an den Oberarmen,
küsst sie. Lässt sie langsam wieder los. „Jetzte du hast
Grund fir Eifersichtlischkeit", ruft er hinüber zu seiner Frau
und sieht dabei eigentümlich zufrieden aus.

Die stürmt mit einem Wutschrei aus der Werkstatt. Antonio
sieht Viola versonnen an, streicht ihr sanft mit dem Finger
über den Mund und fährt mit der Reparatur des 2CV fort,
als wäre nichts geschehen. Sie stolpert hinaus ins Freie und

setzt sich auf ein Mäuerchen, schaut in die Sonne, legt den Kopf in den Nacken, atmet tief durch. Sie spürt eine Taubheit in den Oberarmen, da, wo Antonio sie angefasst hat. Und ihre Lippen brennen. Ihr ist heiß. Sie öffnet den oberen Knopf ihrer Bluse und krempelt die Hosenbeine etwas hoch. Döst vor sich hin, hört irgendwo Hühner gackern und weiter entfernt das Blöken von Schafen und hat das Gefühl, einen Moment aus der Zeit gefallen zu sein.

Ihr Handy schrillt, ihre Mutter ruft an. Will wissen, wann sie ankommen wird, ihre Hecke ist die einzige, die noch nicht geschnitten ist. Viola räuspert sich, presst das Handy fester ans Ohr und sagt schnell, bevor sie es sich noch anders überlegen kann: „Meine Pläne haben sich geändert. Nimm dir für die Hausarbeiten eine Putzfrau. Und fürs Heckenschneiden einen Gärtner. Und für die Rosen auch." In der Leitung bleibt es still. Viola unterbricht die Verbindung, bevor sie noch ein ‚Bitte' hinterher schieben kann. Die nächsten Minuten verbringt sie damit, ihren Herzschlag zu beruhigen.

Eine Stunde später ist der Fehler behoben, der Wagen fertig. Antonio hat wirklich schöne Augen und einen schönen Mund hat er auch. Als er sich weigert, mehr als 50 € für die Ersatzteile zu nehmen, küsst Viola ihn vorsichtig auf eben diesen Mund, steigt in ihre Ente und macht sich auf den Weg. Im Rückspiegel sieht sie, dass Antonio ihr regungslos nachschaut, nur einmal hebt er kurz die Hand zum Gruß. Nahezu synchron reckt eine stämmige Gestalt in geblümter Kittelschürze drohend die Faust.

Anfangs orientiert sich Viola vorrangig an den Ansprüchen ihrer Ente: Zuckelt stundenlang hinter hochbeladenen Erntefahrzeugen her und zupft sich von Zeit zu Zeit Stroh aus dem Haar, holpert über schmale Landstraßen, die kaum ein Laster freiwillig benutzt und erobert sich die herbstliche Landschaft. Und die Sonne und den Wind, der den Geruch von Kartoffelfeuern ins Wageninnere trägt. Sie hält an Verkaufsständen am Straßenrand und lässt sich überwältigen vom bäuerlichen Überfluss: zimtfarbenen Kürbissen, saftigen Zwetschgen in ihren Körben, duftenden Weintrauben, dem säuerlich-aromatischen Geruch frisch gepflückter Äpfel.

Erst zögerlich, dann immer selbstverständlicher überlässt sie sich der Regie ihres Körpers. Macht Pause, wenn er danach verlangt, isst und trinkt, wenn er hungrig und durstig ist, kühlt sich an Teichen und Bachläufen ab, wenn ihr zu heiß ist und versucht, dem fremden Gefühl in ihr einen Namen zu geben. ‚Zufriedenheit' ist der erste Begriff, der ihr einfällt. Sie sucht nicht weiter, vertraut darauf, dass ihr noch mehr einfallen werden.

Sie übernachtet in einfachen Pensionen und unscheinbaren Hotels und fühlt sich gut aufgehoben. Nein, mehr als das, die Zimmer sind hell und freundlich, den befürchteten Katzentisch lernt sie kein einziges Mal kennen, sondern wird auf der Terrasse im Schatten oder an einem Tisch am Fenster platziert und die Mitarbeiter sind fast schon übertrieben freundlich zu ihr.

Am Anfang ignoriert sie die Anrufe von Robert auf ihrem Handy, drückt seine Nachrichten weg, was soll sie ihm auch antworten auf die Frage, was denn in drei Teufelsnamen in sie gefahren ist. Sie weiß es doch selber nicht. Am zweiten Tag hat sie ihm eine SMS geschrieben: ‚Hab meine Pläne geändert. Bin unterwegs.' Irgendwann ist der Akku leer und das Ladekabel hängt noch im Seat, damit hat sich auch dieses Problem erledigt. Sie lässt sich durch die Tage treiben.

In Lindau am Bodensee bittet sie den Friseur, blonde Strähnchen in ihr Haar zu färben und es auf Kinnlänge zu kürzen.
In Bozen fragt sie nach der besten Parfümerie am Platz und verlässt sie mit einer prall gefüllten Tüte.
Verona ist die Stadt, in der sie die grauen Stoffhosen gegen luftige Sommerkleider und schicke Röcke eintauscht.

Und in Ravenna schließlich verabschiedet sie sich von ihren bequemen Tretern. Noch läuft sie ein bisschen staksig auf den hohen Absätzen...

Am späten Nachmittag des siebten Tages erreicht sie den kleinen Marktplatz von Peschici und findet ohne Schwierigkeiten einen Tisch vor der Trattoria da Pietro. Bei dem schmalhüftigen Kellner bestellt sie einen Latte Macchiato und eine Schale mit Amarettini.

Der Verkehr wälzt sich träge durch die engen Gässchen der von sengender Sonne und Seeluft verwitterten Altstadt. Ab und zu kommt er zum Erliegen, wenn ein Wagen abbiegen oder einparken will. Jeder Stillstand wird mit einem wilden Gehupe quittiert, das aber keinen zu stören scheint.

Amüsiert beobachtet Viola, wie mutige Autofahrer versuchen, ihr Gefährt in eine winzig kleine Parklücke zu zwängen. Der Verkehr stockt, der Wagen steht quer, nach mehreren vergeblichen Versuchen braust der Fahrer wieder davon. Viola ist inzwischen bei Spaghetti con Funghi und einem trockenen Weißwein angelangt. Ohne den Löffel zu Hilfe zu nehmen, rollt sie die langen Nudeln auf die Gabel, spießt noch einen der köstlichen Pilze auf und registriert eher aus den Augenwinkeln, dass die Parklücke jetzt doch ihren Meister gefunden hat. Ein knallgelber Fiat Spider hat sich nahtlos zwischen die anderen Autos geklemmt.

Ein schöner alter Wagen, nur leider hat er im rechten Kotflügel eine hässliche Beule. Kein Wunder, der Besitzer scheint sich vor nichts zu fürchten. Interessiert schaut sie zu, wie der drahtige Fahrer schwungvoll die Autotür zuschlägt, ein wenig in die schrägstehende Abendsonne blinzelt und ohne Eile zum Restaurant herüberschlendert.

Viola setzt ihre Sonnenbrille auf und nimmt eine Zeitung, die ein früherer Gast liegengelassen hat. Sie ist gespannt auf Antonios Gesicht.

Eine wird gewinnen

Seit fünfundzwanzig Jahren leben wir in dieser Wohnung, mein Mann und ich. Immer habe ich mich in unserer kleinen Hausgemeinschaft wohlgefühlt. Nie gab es Streit, was sicher auch daran lag, dass Dinge wie Kehrwoche, Treppe wischen und Mülltonne rausstellen durch den Mietvertrag gerecht verteilt waren. In all der Zeit war unsere Waschküche im Keller ein seriöser Ort, an dem man in aller Ruhe seine schmutzige Wäsche waschen konnte.

Ende September war es vorbei mit der Eintracht, als nämlich das Dachgeschoß endlich ausgebaut und die Neue eingezogen war. Plötzlich gab es drei Parteien, besagten Neuzugang, die Gnädige aus dem Erdgeschoß und uns. Die Gnädige ist Steuerberaterin, sehr tüchtig, sehr unscheinbar und ganz ohne Mann. Die Neue konnte ich anfangs nicht recht einschätzen, sie war gute zehn Jahre jünger als die Steuerberaterin und halb so alt wie ich. Ihren Beruf hütete sie wie ein Geheimnis.

Mit dem häuslichen Gleichgewicht war es nun vorbei, denn alle Pflichten mussten neu aufgeteilt werden, genau wie die Nutzung der Wäscheleine im Keller. Der letzte Punkt erledigte sich allerdings von ganz alleine.

Ein Moment der Unachtsamkeit und schon war ich ans Ende der Leinen verdrängt worden. Dahin, wo kein Lufthauch weht, weil die Fenster weiter vorne liegen. Im Gegenzug erklärte ich alle Wäscheklammern zu meinem Eigentum und steckte sie nach Farben sortiert auf meine Leinen.

Aber das war nur der Auftakt. Am letzten Samstag im Oktober hat die Neue das Scharmützel eröffnet und unsere

Waschküche ihrer Unschuld beraubt. Offensichtlich war sie den Verlockungen des einzigen Wäschegeschäfts am Ort erlegen, denn plötzlich waren ihre Leinen mit blendendem Weiß behängt: lächerlich kleine Hemdchen mit Seidenbändern, Spitzenhöschen und aufreizend geformte Büstenhalter buhlten um meine Aufmerksamkeit. Zum Glück hatte ich meine Brille eingesteckt und nahm mir die Zeit, alle Etiketten zu studieren. Im Kopf überschlug ich die Preise und kam auf eine Endsumme, die sehr viel höher lag als alles, was ich mir im Laufe der letzten dreißig Jahre an Unterwäsche gekauft hatte. Und alles in Größe S!!

Wenige Tage später rüstete dann die Gnädige auf. Rabenschwarze Schwestern leisteten den weißen Aufregern Gesellschaft, die immer noch demonstrativ an ihren Leinen hingen. Auf den Leinen drei und vier baumelten jetzt mehrere von diesen unanständigen Schlüpfern, die hinten nur so eine Art Strick haben. Größe S, was sonst. Außerdem eines von diesen Teilen mit Strapsen dran. Und aufgepolsterte BHs mit glänzenden Bändern an allen möglichen und unmöglichen Stellen. Wusste ich es doch! Von wegen unscheinbar und geschlechtslos!

Mir blieb unklar, was die beiden Damen in den folgenden Tagen unten drunter trugen, die Sachen von der Leine jedenfalls nicht. Zwei Reihen weiße, zwei Reihen schwarze Dessous hingen sich provozierend gegenüber. Mehrere Tage lang überprüfte ich den Stand der Dinge, aber nichts geschah. Außer, dass mein Mann auffällig oft im Keller zu tun hatte. Bei der Gelegenheit fiel mir auf, dass die Neue auch solo war.

Am nächsten Tag waren die Leinen leer und in mir keimte Hoffnung, dass es von nun an wieder diskreter zugehen würde im Untergeschoss. Aber ich hatte mich zu früh gefreut, am Dienstag liefen beide Waschmaschinen und die Leinen wurden neu bestückt. Die Dachgeschoß-Lady hatte die Nase vorn: ein durchsichtiges Nichts konkurrierte mit einem langen Nachthemd, bei dem sie das Vorderteil bis zum Bauchnabel einfach weggelassen hatten. Daneben baumelte eine Art enger Spielanzug, aus dessen Rückseite der Hersteller zwei große ovale Löcher herausgeschnitten hatte, damit die Pobacken genug Platz zu ihrer Entfaltung fanden. Ich konnte gar nicht aufhören mit dem Kopfschütteln. Auf der Konkurrenzleine hingen sechs paar Strümpfe: aus glänzender Seide und aufwändiger Spitze, aus grob- und feinmaschigem Netz, mit Punkten und Naht auf der Rückseite. Und ein paar gestrickte Kniestrümpfe! In unschuldigem Weiß!!

Ich stieg die Treppe hoch in den ersten Stock und hatte Schwierigkeiten, unsere Wohnungstür aufzuschließen, so flatterten meine Nerven. Erst wollte ich mir einen starken Kaffee kochen, entschied mich dann aber für einen doppelten Cognac.

Am Abend, als mein Mann wie immer die Tagesschau guckte, schlich ich mich noch einmal hinunter in den Keller. Auf der Gnädigen-Leine tropfte ein handgewaschener Spielanzug mit Druckknöpfen an der prekären Stelle still vor sich hin. Er war schwarz wie die Sünde, versteht sich. Daneben hingen Strumpfgürtel in verschiedensten Ausführungen, BHs mit so winzigen Schalen, dass die Nippel unmöglich einen Platz darin finden konnten. Einer war darunter, an dessen Schalen eigentlich nichts auszusetzen war, nur dass sie vorne keine Spitzen hatten, da war nichts, nur leere Löcher.

Als sich mein Atem soweit beruhigt hatte, dass ich wieder Treppen steigen konnte, streiften meine Augen beim Verlassen des Raumes noch ein paar schwarze Stoffstücke in der zweiten Reihe. Ich stoppte abrupt und löste die Klammern, nahm jedes Teil in die Hand. Strumpfgürtel mit einer Vielzahl von Bändern und Strass-Steinchen an den merkwürdigsten Stellen. Zwei schwarze Augenbinden, eine aus glänzendem Satin, die andere aus samtigem Velours. Und noch etwas, das ich erst anprobieren musste, bevor ich verstand, um was es sich da handelte. Es waren wunderbare schwarze Spitzenhandschuhe, die bis zum Ellbogen reichten und die Finger freiließen. Mir waren sie leider etwas eng und reichten nur bis zur Handwurzel. Und trotzdem sahen meine Arme und Hände beinahe frivol aus.

Am nächsten Tag hörte ich zufällig mit, wie mein Mann mit unserem Vermieter telefonierte und fragte, ob er sich in dem einen leerstehenden Raum im Keller eine Dunkelkammer einrichten könnte. Die Antwort verstand ich leider nicht, aber ich fand, dass es jetzt Zeit war zum Handeln.

Am Freitag letzter Woche tummelte ich mich zwei Stunden im KiK um die Ecke. Meine Beute konnte sich sehen lassen: Diverse Wäschestücke in einem dunklen Violett mit fliederfarbenen Applikationen, von denen die Verkäuferin meinte, sie würden mir schmeicheln. Und alles zu einem Spottpreis! Hübsch aufgereiht baumeln die Teilchen nun an den Wäscheklammern und blinkern zu ihren weißen und schwarzen Schwestern hinüber. Umsichtig wie ich bin, habe ich die Etiketten herausgeschnitten und auch das Problem mit der üppigeren Größe gelöst, indem ich die Buxen in kleine Falten legte und die Unterhemden ein wenig rüschte. Damit die BHs nicht so üppig aussahen, stülpte ich die Schalen ineinander und schwupps, schon nahmen Violett, Weiß und Schwarz akkurat den gleichen Platz ein.

Mein Mann hat die Idee mit der Dunkelkammer aufgegeben. Dafür hat er sich jetzt einen scharlachroten Seidenmorgenmantel mit schwarzem Schalkragen zugelegt und sich im Schlafzimmer häuslich eingerichtet.

Das Bildnis der Josefina K.

Würde jemand Karlheinz Zündel fragen, wann seine Obsession gefangen hatte, käme seine Antwort wie aus der Pistole geschossen. Am ersten Sonntag im Mai vor zwei Jahren!

Solange er denken kann, ist er ein Einzelgänger gewesen. Als Kind und während der Pubertät litt er darunter, als Erwachsener richtete er sich in der Einsamkeit ein. Jetzt, mit fast 47 Jahren, weiß er zu schätzen, dass er niemandem Rechenschaft schuldig ist. Und er nicht erklären muss, was ihn in Gemäldegalerien und Kunstausstellungen treibt.
Am liebsten sind ihm die kleinen, unbedeutenden Museen, die versteckt in Nebenstraßen liegen und von den Touristenströmen übersehen werden. In ihren dämmrigen Räumen verlieren sich die wenigen Besucher und die Aufseher kämpfen vergeblich gegen den Schlaf. Zündel ist sicher, dass kein Einziger sich an ihn erinnert. Mit einer Ausnahme.
An jenem bewussten Sonntag im Mai war er der einzige Besucher in dem kleinen Museum gewesen und gelangweilt durch die muffigen Räume geschlendert. Die Ausstellung hatte sich als reizlos erwiesen, schäbiges Mittelmaß, wohin er auch blickte. Zündel war schon auf dem Weg zum Ausgang, als ein verirrter Sonnenstrahl auf ein einzeln gehängtes Portrait mit reichverziertem silbernem Rahmen fiel. Die zarte unbedeckte Schulter eines Mädchens leuchtete ihm entgegen, das kaum älter als vierzehn Jahre sein mochte. Der Elfenbeinton ihrer Haut betonte die schattige Vertiefung der Halsbeuge und die grazile Biegung ihres schlanken

133

Halses. Lichtreflexe hatten dem Ölbild eine Lebendigkeit eingehaucht, die Zündel den Atem nahm.

Fasziniert studierte er jede Nuance des Portraits, die haselnussbraunen Locken, die sich um das ebenmäßige Gesicht ringelten, die züchtig gesenkten rauchblauen Augen. Die wohlgeformten Lippen, die leicht geöffnet waren. Zündel hätte schwören können, dass ihm der Duft von Flieder in die Nase stieg.

Das kleine Messingschild am unteren Rand des Rahmens verriet ihm den Namen des schönen Kindes: Josefina K. Zündel verspürte heftigen Neid auf den unbekannten Maler, der vor fast zweihundert Jahren dieses anbetungswürdige Geschöpf hatte malen dürfen. Der sie in diesem hauchdünnen weißen Gewand gesehen hatte, das sich an ihren jungen Körper schmiegte. Das schilfgrüne Seidentuch hob ihre hohen Brüste mehr hervor, als dass es sie verdeckte.

Der Liebreiz und die Unschuld des Mädchens versetzten Zündel in eine merkwürdige Unruhe. Er trat noch einen Schritt näher an das Gemälde und legte sein Ohr an ihre Lippen. Er glaubte zu hören, wie sie sehnsüchtig seinen Namen seufzte. Zündel saugte sich fest an ihren Augen, wollte sie zwingen ihn anzusehen, gegen ihren Willen.

Ein gewaltiger Sog erfasste ihn, wirbelte sein Innerstes feurig durcheinander und fegte sein Ich in winzig kleinen Stücken durch einen furchterregend langen Tunnel. Halb taumelnd vor Schwindel wurde er auf der anderen Seite des Bildes ausgespien. Dies alles dauerte eine so kurze Ewigkeit, dass Josefina kaum Zeit hatte zu reagieren. Nur ihre Augen waren vor Schreck weit aufgerissen.

Eigentlich hatte Zündel ihr Zeit lassen wollen, sie behutsam ansprechen, allenfalls zart über ihre samtigen Wangen streicheln. Das Mädchen leibhaftig vor sich zu sehen aber änderte alles. Sie brüsk an den zarten Armen zu packen und ihr erschrockenes Gesicht mit hastigen Küssen zu bedecken war eins.

Wie im Rausch hatte er mit fahrigen Bewegungen ihr schilfgrünes Seidentuch beiseite gezerrt und ihre kleinen Brüste umfasst. Josefina hatte heftig um sich geschlagen und ihm mit beiden Händen das Gesicht zerkratzt. Und geschrien hatte sie, voller Abscheu und Entsetzen. Ihre Schreie waren durch ihn durch bis in den letzten Winkel seiner Existenz gedrungen, hatten ihn überschwemmt und in einem wilden Strudel wieder fortgerissen.

Zündels Miene verdüstert sich bei der Erinnerung an seine überstürzte Rückkehr ins Museum. An die blutigen Kratzer in seinem Gesicht. Und an die Frau an der Kasse, die misstrauisch zum Telefonhörer gegriffen hatte, während er fluchtartig das Museum verließ. Er hatte sich seitdem nicht mehr dorthin getraut.

Danach hatte er die Finger von Mädchen gelassen, die fast noch Kinder waren und sich stattdessen auf reifere Frauen konzentriert, deren Portraits ihm die Erfüllung seiner geheimen Wünsche versprachen. Geduldig studierte er ihre Gesichter, suchte in ihnen nach Anzeichen von Frivolität, einer lasziven Geste. Das verheißungsvolle Blitzen von Augen oder ein koketter Zug um die Lippen wurden ihm zum Wegweiser, bevor er sich wieder in den Mahlstrom der umgekehrten Zeit stürzte.

Oft wurde er enttäuscht, weil der Künstler etwas in die Schöne hineingemalt hatte, das ihr gar nicht entsprach. Weder Drohungen noch Flehen brachten ihn in diesen Fällen ans Ziel seiner Wünsche. Aber insgesamt war er nicht unzufrieden.

Das Verlangen nach Josefina K. allerdings sucht ihn regelmäßig heim wie ein Fieberwahn. Er ist sich sicher, dass sie ihn sehnsüchtig erwartet.

Ungeachtet seiner Angst vor Entdeckung steht er am dritten Jahrestag ihrer Begegnung wieder vor der Kasse des Museums, statt der misstrauischen Frau von damals schiebt ihm eine kaugummikauende Jugendliche seine Eintrittskarte

135

durch den Schlitz im Plexiglas. Zündel läuft auf direktem Weg zu Josefinas Bild.

Und wieder ist ihr Liebreiz überwältigend. Sein Blick saugt sich fest an den scheuen Augen, an ihrer alabasterfarbenen Haut, den leicht geöffneten roten Lippen. Er spürt abermals den Sog, den Wirbel und kommt taumelnd vor ihr zu stehen. Diesmal sieht er sich vor. Bedeckt blitzschnell mit seiner Hand ihren Mund und erstickt ihren Schrei. In den haselnussbraunen Augen zuckt Schrecken auf, ihr Körper wird starr vor Angst. Zündel grinst zufrieden, sie erkennt ihn wieder. Josefina hat ihn nicht vergessen. Vielleicht sogar auf ihn gewartet.

Und tatsächlich, sie hat ihn erwartet. Das Jagdmesser in ihrer rechten Hand findet ihr Ziel, ohne auch nur eine Rippe zu verletzen.

Rollentausch

Kaffeebesuch bei ihrer besten Freundin. Karin wohnt in einer Reihenhaussiedlung, ziemlich in der Mitte einer Phalanx gleichförmiger Häuser. Gaby schließt das Auto ab, zupft ihren Jackenkragen zurecht und überquert die Straße, biegt in den kleinen betonierten Weg ab, der in einem eleganten Bogen an den zurechtgestutzten Vorgärtchen vorbeiführt. Von irgendwo vor ihr weht ein Geräusch, das verdächtig nach Stöhnen klingt, unterdrückt, atemlos. Sinnlich und eindeutig weiblich. Holla, denkt sie, da hat ja wohl jemand vergessen, das Fenster zu schließen und verlangsamt ihre Schritte.

Sie wird belohnt, denn jetzt dringt eine zweite Stimme zu ihr, tief und eindeutig männlich, gepresst stößt sie hervor: „Mach langsam", und, ein weiteres Mal, noch drängender „Mach langsam!!"

Danach ist nur noch das Gezänk der Spatzen im Kirschbaum zu hören. Na, das nenn ich mal einen Rollentausch, Gaby kann sich ein Grinsen nicht verkneifen.

Sie bleibt stehen, bückt sich und gibt vor, ihre Schnürsenkel neu zu binden, spitzt die Ohren, wartet auf eine Fortsetzung des akustischen Vergnügens. Nichts. Schade, denkt sie und folgt dem Weg um die Ecke.

„Scheiße", tönt es männlich-tief, gefolgt von einem weiblichen Quieken. Unangenehm berührt schüttelt Gaby den Kopf, geht weiter. Erreicht den Vorgarten des fünften Reihenhauses, sieht die propere Rückansicht einer derangierten Mitvierzigerin, die mit hochrotem Kopf an einem Sofa zerrt, das sich hoffnungslos im Rahmen der Haustür verkeilt

137

hat. Die Schreie des unsichtbaren Gatten erschüttern den Vorgarten. Gaby versteht nur Bruchstücke, „Langsam, verdammt noch mal" ist eines davon, das andere heißt so viel wie „Ich stecke fest!". Der schmerzhafte Unterton begleitet Gaby bis zur Haustür ihrer Freundin.

Karin sitzt auf einem ihrer Küchenstühle vor der offenen Haustür und lacht übers ganze Gesicht. Noch bevor Gaby zu einer Moralpredigt ansetzen kann, kommt Karin ihr zuvor: „Ja, du hast recht, ich will nichts von diesem Schauspiel verpassen. Und ja, es ist ganz schön gemein. Aber ich habe Olga meine Hilfe angeboten, dreimal. Und ich habe sie gewarnt, dass das Monstrum von Sofa maximal durch die Terrassentür nach draußen zu kriegen ist. Aber Madame weiß es immer besser, sie ist im Viertel berühmt für ihre Klugscheißerei. Jetzt muss sie es aushalten, dass ich meinen Spaß habe. Nur ihr armer David tut mir leid. Aber schau, ich habe an ihn gedacht." Sie deutet auf den Korb zu ihren Füssen, in dem ein Schraubglas Pferdesalbe und ein überdimensionales Körnerkissen liegt. „Und ich bin gerne bereit, ihn eigenhändig zu verarzten", sagt sie und lächelt ein gefährliches Lächeln, während sie ein Foto aus dem Weidenkorb zieht, das unter dem Körnerkissen verborgen war.

Oh ja, denkt Gaby, die sich für einen Moment durchaus vorstellen kann, in die Rolle einer Krankenschwester zu schlüpfen. Der Nachbar ist eine Augenweide.

Aber Karin hat die älteren Rechte.

Gedränge

Auch als Mutter noch lebte, hatte Anna nicht den Mumm, mit ihr Tacheles zu reden. Über das Thema erwachsene Kinder zum Beispiel und dass Eltern sich tunlichst aus deren Leben heraushalten sollten. Ihre Mutter hatte eine starke Persönlichkeit, um nicht zu sagen, sie war dominant und herrisch. Bis zum letzten Atemzug wusste sie, was das Beste für ihre Lieben war. Vor allem aber für ihre Tochter.

Anna träumt selten, heute Nacht schon. Sie ist mit ihren Freundinnen unterwegs beim Shoppen. In einem Anfall von Übermut statten sie dem örtlichen Friedhof einen Besuch ab. Unter viel Gelächter streiten sie über die schnöde Schlichtheit moderner Grabsteine und belächeln mokant die Häschen und Rehlein, die die Gräber besiedeln. Nur bei den fleischigen Engeln aus ehemals weißem Marmor werden sie sich nicht einig. Lange Reihen von Gräbern laufen sie ab auf der Suche nach dem besten Platz für ihre letzte Ruhe.
Eine weise Frau, bestens bewandert in irdischen und überirdischen Angelegenheiten, gesellt sich zu ihnen und weist auf Besonderheiten hin: Hier eine schöne Aussicht, dort ein prächtiger Baum oder ein attraktives Ambiente.
Nach längerem Suchen findet Anne ein kuscheliges Fleckchen auf einer kleinen Anhöhe, beschattet von einem Fliederbaum und umgeben von moosbewachsenen Grabsteinen. Genau hier würde sie sich wohlfühlen! Die weise Frau scheint zufrieden mit ihrer Wahl, zieht sie aber gleichwohl beiseite und mahnt: „Sie sollten aufpassen!" Mit gerunzelter Stirn blickt sie über die langen Reihen von Grabstätten und fokussiert

ein bestimmtes, Anna nur allzu vertrautes Grab. „Sie sollten aufpassen, dass Ihre Mutter nicht ihr Bündel packt und sich heimlich bei Ihnen einschleicht!"

Die Seherin verschwindet lautlos in einer Zeitschleife und Anna findet sich wieder in einem schlichten Sarg tief unten in einem frisch ausgehobenen Grab, friedlich und lebenssatt. Sie ruckelt auf dem weißen Satin hin und her, bis sie eine angenehme Schlafposition gefunden hat, schließt die Augen und freut sich auf den ewigen Schlaf.

Die Freude währt nur kurz. Jemand hebt den Sargdeckel, eine spitzenverzierte Zudecke landet weich auf ihr, es folgt ein massiger Körper, der sie unnachgiebig zur Seite schiebt, bis Anne hochkant an der Seitenwand ihres neuen Zuhauses zu liegen kommt. Wohliges Seufzen in ihrem Rücken und eine Wolke Chanel Nr. 5 vertreiben auch den letzten Zweifel: Ihre Mutter ist jetzt bei ihr. Für immer.

Der Wecker schrillt, ihr Mann stöhnt und Anna versucht verzweifelt zurück in ihren Traum zu gelangen. Sie muss die weise Frau fragen, wie um alles in der Welt sie das verhindern kann!

Aber die Traumtür ist zugeschlagen. Verdammter Mist!

Schlagabtausch

Die Schwestern kehren nach Hause zurück, hängen die Übergangsmäntel an die Garderobenhaken, stellen die Gehhilfen an ihren angestammten Platz im Flur und schlüpfen in die gefütterten Hausschuhe. Im Wohnzimmer stellt Gerlinde kleine Gläser und eine Flasche Likör auf den niedrigen Couchtisch, gießt ein.

„War das nicht eine großartige Premiere?"

Sie prostet den beiden anderen auffordernd zu, aber die leeren nur schweigend ihre Gläser.

„Sechsundfünfzig Zuschauer! Fast ausverkauft! Und stehender Beifall! Und das Beste: Die Karten für die nächste Aufführung werden weggehen wie warme Semmeln. Die Heimfurth hat für nächsten Freitag schon mal welche für ihren Bridgeclub bestellt!!"

Gerlindes Augen funkeln, ihr Gesicht glänzt rosig.

„Ihr müsst zugeben, dass ich ein wirklich schönes Stück ausgesucht habe, oder?"

Knappes Nicken.

„Und welche von den Schauspielerinnen war eurer Meinung nach die beste?"

Ihre Schwestern nippen am Likör und bleiben stumm. Gerlinde springt von der durchgesessenen Couch auf, drückt den Rücken durch und fragt mit schriller Stimme: „Aber ihr werdet doch eine Meinung zu der Aufführung haben!?"

Anneliese und Ingeborg nicken, mehr nicht.

Gerlinde verschränkt die Arme vor der Brust, ihre dünnen, in einem grotesken Schwarz gefärbten Haare hängen bis auf die mageren Schultern. Sie wartet mit verkniffenem Mund.

Anneliese gibt als erste nach. „Die Schröder war so was von peinlich! Bei jedem zweiten Satz hat sie sich einen Aussetzer geleistet und ich durfte sie unauffällig retten!" Sie gießt sich einen weiteren Likör ein, knallt die Flasche auf den Tisch und kippt das Glas mit einer ruckartigen Bewegung, die die blondierten Löckchen springen lässt. „Die Rolle hast du völlig falsch besetzt!"

„Um ehrlich zu sein: Die Dibbersen fand ich noch viel schlimmer. Tänzelt über die Bühne wie eine dumme Gans. Wenn sie wenigstens die Beine dafür hätte!". Ingeborg zieht eine Grimasse, die ihr rundes Gesicht noch runder macht.

„Mach das noch mal, mit deinem grauen Stachelkopf siehst du aus wie ein übellauniger Igel". Gerlinde knurrt mehr als dass sie spricht.

Ingeborg holt tief Luft, will ihre jüngere Schwester anschreien, aber die ist schneller.

„Überhaupt ist das die Idee. Beim nächsten Mal suche ich ein Stück aus, in dem du ein Stachelschwein spielen kannst, was hältst du davon? Ist doch spannender, als die Mäntel an der Garderobe zu bewachen, oder?"

Ingeborg sackt in sich zusammen, Anneliese hat Mühe, ein Feixen zu unterdrücken.

„Apropos Rollenbesetzung: Vielleicht ist in dem Stück ja auch für dich ein Part drin, liebste Schwester."

Die hört abrupt auf zu grinsen.

„Was hältst du zum Beispiel von einem Faultier? Dann könntest du dich bei jeder Aufführung an einen Ast hängen und genüsslich vor dich hinschaukeln. Das Publikum wäre begeistert, oder was meinst du?"

Gerlinde ist noch nicht fertig.

„Als Souffleuse bist du sowieso eine Niete!"

Lange Zeit ist kein Geräusch zu hören bis auf Gerlindes rhythmisches Ein- und Ausatmen.

„Aber wenigstens Siegfried war gut, oder?"

Sie gibt nicht auf.

„Ein bisschen schmalbrüstig, ein bisschen steif, aber sonst ganz in Ordnung", Ingeborg guckt kurz hoch, senkt rasch wieder die Lider.

„Schamlos!"

Anneliese sieht aus wie ein wütender Kater.

„Siegfried?"

„Nein, du! Nicht mal auf der Bühne darf man sich einem Mann so an den Hals werfen! Wärst du nicht unsere Schwester, würde ich sagen: Du hast dich proschtituiert!! Wir haben uns geschämt für dich!!!"

„Aber in dem Stück war Siegfried doch das Objekt meiner Begierde!"

Anneliese bleckt die Zähne: „Als ob du eine Ahnung von Begierde hättest, bloß weil du mal verheiratet warst!"

Obwohl Gerlinde sich an ihrem eigenen Atem verschluckt, entgeht ihr nicht das mutwillige Glitzern in den Augen der älteren Schwestern, das süffisante Grinsen auf den welken Lippen. Sie beugt sich vor, ergreift die Likörflasche und holt weit aus wie zum Wurf, die beiden Schwestern ziehen die Köpfe ein. Jetzt ist es an Gerlinde, überlegen zu grinsen. Statt zu werfen setzt sie die Flasche an die Lippen und trinkt. Ihre Schluckgeräusche und das schwerfällige Gluckern des Likörs werden nur unterbrochen von einem gelegentlichen Schmatzen.

Als der Strom versiegt, hält sie die Flasche so lange in die Höhe, bis auch der letzte Tropfen auf ihrer Zunge gelandet ist. In das eisige Schweigen hinein fängt sie an zu singen: „Ach wie gut, dass niemand weiß, dass – das die letzte Flasche war!", und gibt sich keinerlei Mühe, den anschließenden Rülpser zu unterdrücken.

143

Die Stacheln der Kastanie

Sie hat den Herbst nie gemocht, das Verblassen des Lichts, die erdigen Farben, den Verlust des Sommers und die Unausweichlichkeit des Winters. Nichts konnte sie trösten, weder der Duft nach Kartoffelfeuer noch das Gold der Astern.

Sie hat den Herbst nie gemocht, weder mit zwanzig noch mit dreißig und auch nicht mit fünfzig, da schon gar nicht. Bis in den Oktober hinein trug sie ihre leichten Kleider, wärmte sich mit dünnen Seidenjäckchen und zog die Sandaletten erst aus, wenn die Kälte die Zehen blau färbte. November und Dezember ignorierte sie, so gut es ging und ab dem 6. Januar wartete sie auf den Frühling. Sie hatte sich eingerichtet im Jahreslauf.

Die Veränderung begann an ihrem vierundfünfzigsten Geburtstag. Der Herbst lag vor ihr und dann der Winter und sie war sich zum ersten Mal nicht mehr sicher, ob es wieder Frühling werden würde. Tagelang starrte sie aus dem Fenster, melancholisch, mürrisch.

Irgendwann war sie es leid und ging hinaus in den Garten, hielt das Gesicht in die müde Septembersonne und spürte Wind über ihre Wangen streichen. Reife Pflaumen grüßten vom Baum. Sie lebte.

In ihrem Herbst.

Und es gab keine Garantie, dass ein Winter folgen würde.

Ihr Herz tat einen winzigen Doppelschlag.

Der Wind frischte merklich auf, einen Moment lang fürchtete sie, er könnte bereits winzige Eiskristalle mit sich führen. Sie holte sich dicke Socken und eine warme Jacke aus dem Haus, schlang sich einen Schal um den Hals. Atmete tief durch. Sie hatte nichts mehr zu verschenken.

Sie würde sich bemühen, nach vorne zu blicken. Sie könnte alle Brücken zu ihrem alten Leben abbrechen. Könnte einen neuen Kurs bestimmen und mit geblähten Segeln übers Wasser brausen. Den Horizont hinter sich lassen. Immer mal wieder anlanden und von fremdem Leben kosten. Sie könnte aber auch ernten, was sie in all den Jahren gesät und danach aus den Augen verloren hat.

Eine auffällige Bewegung im Gemüsebeet zog ihre Aufmerksamkeit auf sich. Etwas pelzig Braunes versteckte sich halbherzig hinter üppigem Grün, nur die Löffel schauten noch heraus. Wo zum Henker kam der Feldhase her? Sie würde sofort das Loch im Zaun stopfen und ... Sie hielt inne, beobachtete das Spiel der pelzigen Ohren und schlich vorsichtig näher. Der Hase hatte es sich bei den Möhren gemütlich gemacht, ließ sich von ihr nicht stören. Sie hockte sich an die entgegengesetzte Seite des Beetes und zog büschelweise die knackigen Möhren aus der lockeren Erde, freute sich am kräftigen Grün des Laubes und dem appetitlichen Orangeton der Wurzeln. Mit den Fingern streifte sie Erdkrümel ab und biss krachend zu. Mümmelte in stiller Eintracht mit dem Langohr. Zeit zum Ernten.

Kindermund

Margret und Gaby treffen sich alle zwei Wochen donnerstags im Café Ambiente am Schlossplatz. Der Tisch am großen Fenster, von dem aus man einen wunderbaren Blick auf das Treiben in der Kleinstadt hat, wird schon seit Jahren ab fünfzehn Uhr für sie reserviert. Sie sind inzwischen so etwas wie eine Institution geworden, nicht mehr jung, aber voller Leben und Pläne.

Wenn sie sich treffen, sind sie vorher beim Friseur gewesen und haben eine Menge Zeit vor dem Spiegel verbracht. Heute aber übertreffen sie sich in allem: schicke Kleider, fein darauf abgestimmte Schuhe, modischer Schmuck, lackierte Fingernägel. Nur von ihren Gesichtern geht kein Strahlen aus.

Sie umarmen sich, streichen sich behutsam die grauen Haare aus dem Gesicht und setzen große Sonnenbrillen auf, dabei ist auch der Himmel eher bedeckt. Die Kellnerin bringt zwei Kännchen Kaffee und für jede ein mächtiges Stück Mohntorte mit Eierlikör. Nirgendwo in der Stadt gibt es Kuchen, der es mit denen vom Ambiente aufnehmen kann. Trotzdem schleppt sich die Unterhaltung nur zäh dahin.

„Meine Liebe, was ist los mit dir? Du siehst so, keine Ahnung, so bedrückt aus?", will Gaby wissen und tätschelt ihrer Freundin liebevoll die Hand. Margret will vehement verneinen, überlegt es sich aber dann doch anders. Sie hüstelt verlegen. „Wenn ich ehrlich sein soll, bin ich weniger bedrückt als vielmehr schockiert. Obwohl nicht mal das meinen Gefühlszustand richtig beschreibt."

Margret rutscht kurz auf dem Stuhl hin und her, beobachtet dabei die Freundin, versucht in deren Gesicht zu lesen. Offensichtlich hat sie dort das nötige Mitgefühl gefunden, denn auf einmal will sie reden.

„Am vergangenen Samstag war ich mit meinen beiden Enkelkindern auf dem Mittelalterfest in Hochstatt. Wir wollten uns die Ritterkämpfe ansehen und den Schmieden bei ihrem alten Handwerk zuschauen und Gerichte von früher essen und überhaupt. Aber als wir an der Kasse ankamen, bin ich bei den Preisen doch zusammengezuckt. Stell dir vor, für jedes Kind wollte der Knabe hinter dem Schalter 15 € kassieren und für mich 25 €!!" Margret reißt empört die Augen auf und wartet auf einen Kommentar ihrer Freundin. Doch es kommt keiner, nur die Aufforderung, weiter zu erzählen.

„Ich zücke also mein Portemonnaie und zeige meinen Rentenausweis. Der halbwüchsige Mensch verlangt völlig unbeeindruckt 55 € Eintritt und als ich Einwände erhebe, sagt der doch zu mir: ‚Freuen Sie sich doch, dass Sie reinkommen. Im Mittelalter wären Sie schon seit zwanzig Jahren tot!' und schiebt mir auffordernd die Eintrittskarten rüber." Margret hat rote Flecken am Hals bekommen und eine kratzige Stimme.

Statt tröstender Worte gibt es von Gaby nur einen langen Blick und den Versuch ihr die Hand zu tätscheln. Aufgebracht zieht Margret ihre Hand weg.

„Lass mal, ich glaube das kann ich noch toppen." Gaby seufzt und nestelt einen Moment an ihrem Kragen, bevor sie weitererzählt. „Vor zwei Tagen bin ich auf der Straße einem unserer Nachbarn und seinem kleinen Enkel begegnet. Der Mann war schon älter, als er Vater wurde, und ist ein dementsprechend alter Opa. Als Ausgleich aber ein sehr liebevoller. Trotzdem kann ich ihn nicht besonders leiden. Als nette Nachbarin bleibe ich trotzdem bei den beiden stehen und bewundere den Lütten für seine Laufradkünste.

„Ich bin so viel", sagt er und reckt mir drei Finger entgegen. Und dann sagt er eine Weile gar nichts mehr, sondern beobachtet mich aufmerksam. Wendet sich seinem Opa zu und sagt: ‚Die ist aber richtig alt!' und nickt nachdrücklich. Um ein wenig abzulenken, antworte ich, dass das stimmt und ich ja auch schon eine Oma sei. Der Opa hält die Klappe, der Junge starrt mich weiterhin von unten an und nickt noch einmal bestätigend: ‚Ja, die ist wirklich richtig alt'. Mit der Betonung auf richtig! Dreht sich um und zerrt seinen Opa weg von mir." Gaby bleibt einen Moment stumm. „Es war gar nicht so einfach, würdevoll nach Hause zu kommen!"

Einen Moment ist es mucksmäuschenstill am Tisch, dann grinst die eine und die andere feixt und dann stören sie mit ihrem hysterischen Gelächter die Leute an den Nachbartischen. Am Ende tupfen sie sich gegenseitig die Tränen von den Wangen.

Runter

Er erwischt ihn am linken Ohr, verdreht die empfindliche Muschel, bis der Schmerz den Jungen in die Knie zwingt. Jonas presst die Zähne zusammen, bloß nicht schreien. Er fixiert stattdessen den Teppich unter seinen nackten Füssen, bis rote Punkte vor seinen Augen tanzen.

Sein Vater grunzt enttäuscht, lässt das Ohr los, packt den Jungen stattdessen im Nacken, schüttelt ihn wie einen Sack Kartoffeln. „Ich will wissn, wo deine Mutter is, die verdammte Nutte!" Den Elfjährigen trifft ein scharfer Atem, der nach Bier und Schnaps und alter Wut riecht.

„Ich. Weiß. Es. Nicht." Sein Kopf schleudert von rechts nach links und wieder zurück.

„Du lügst, du verdammter Bettpisser lügst dein Vatter an!" Rabiat stößt er den Jungen von sich, ändert dann die Taktik. „Du weißt, was mit Rotzlöffeln wie dir passiert?", fragt er gefährlich ruhig.

Jonas bleibt stumm, nickt nur vorsichtig, bekommt einen Schlag gegen den Hinterkopf, dass er vorwärts stolpert, gibt eine Antwort, die kaum zu hören ist.

„Ich kann dich nich verstehn!"

Der nächste Schlag lässt ihn taumeln.

„Ab in den Keller."

„Un warum?" Speicheltröpfchen landen in Jonas' Gesicht.

„Weil ich frech und verstockt bin." Er hofft verzweifelt, dass das die richtige Antwort ist. Sein Vater bleibt stumm, gibt ihm stattdessen einen Stoß und noch einen, zur Tür hinaus und über den unbeleuchteten Flur, bis sie an der Kellertreppe stehen.

„Runter mit dir."

„Aber es ist so duster!"

„Hättste dir vorher überlegn müssn."

„Aber..."

„Runter!"

Eng an die Wand gedrückt, tastet sich Jonas die ausgetretenen Stufen hinunter. Vor der massiven Holztür bleibt er stehen, hört in seinem Rücken das Ploppen vom Bügelverschluss einer Bierflasche.

„Weiter, oder soll ich dir Beine machen!?"

Hinter der Tür lauert die Finsternis. Wie soll er die Matratze finden? Wie den Stuhl mit den Decken? Auf allen Vieren kriecht er über den rauen Boden und stößt sich den Kopf an einem scharfen Metallteil, erreicht die muffige Matratze, auf der die Decken noch vom letzten Mal liegen. Er krümmt sich zusammen, liegt da mit offenen Augen und wartet darauf, dass das Zittern aufhört. Ein ständiges Tropfen von irgendwoher zerhackt die Stille.

Flaschen klirren, die Stahltür schlägt zu, der Schlüssel wird umgedreht, er hört seinen Vater die Treppe hochstapfen.

In einer Stunde wird er so betrunken sein, dass er sich nicht einmal mehr an seinen Namen erinnern kann.

Was, wenn Papa ihn hier unten vergisst?

Tagtraum

Viele Stunden hat sie jetzt schon mit der schmutzigen Wäsche gekämpft. Eiskaltes Wasser aus dem Brunnen geschöpft, um es dann eimerweise in die Waschküche zu schleppen und dabei eine nasse Spur quer durchs Haus zu ziehen. Sie hat den alten Kessel angeheizt und bis Mitternacht Holzscheite nachgelegt, damit das Wasser bis zum Morgen siedet. Hat Kernseife hineingebröselt, die Bettbezüge und Laken eingeweicht, unermüdlich mit einer großen Holzstange umgerührt und mit dem Wäschestampfer die Flecken aus den Wäschestücken vertrieben. Jedes Teil hin- und hergeschwenkt, aus der heißen Lauge gefischt und ausgewrungen, bis kein Gefühl mehr in ihren Fingern war. Den schweren Weidenkorb in den Garten gezerrt und seinen Inhalt auf die Leinen gezwungen, der grellen Sonne preisgegeben.

Gegen Mittag ist das meiste geschafft, nur ein paar Kleidungsstücke des Mannes sind übriggeblieben, die nirgendwo richtig dazu gepasst haben. Sie wirft den überschaubaren Haufen in die trübe Brühe, kämpft sich ein letztes Mal durch alle Abläufe, schiebt eine Pause dazwischen. Setzt sich auf den geflochtenen Stuhl am Küchentisch und isst ein Schmalzbrot, lauscht dem Ticken der Uhr. Brüht sich eine Tasse Lindes-Kaffee auf. Einen Moment noch ausruhen, den Rücken entspannen und die aufgequollenen Hände eincremen. Tief durchatmen.

Draußen heißt sie die grelle Sonne willkommen. Die Frau streift durch die Reihen aufgehängter Wäschestücke, prüft mit den Händen, welche schon trocken sind, nickt. Morgen früh muss sie mit dem Plätten beginnen.

Sie trägt Weidenkorb und Klammerbeutel nach hinten zu den letzten beiden freien Wäschestangen und sucht nach dem feuchten Lappen. Um die Wäscheleine gewunden, saust er in ihrem festen Griff wie auf einer Rutschbahn, hinterlässt Sauberkeit und die Forderung nach frischer Wäsche. Vier Socken, ein hell- und ein dunkelblauer, zwei schwarze, lang und kurz, ein Griff in den Beutel mit den Klammern und schon sind sie festgeklemmt. Zwei Hemden, unauffällig kariert, an den Nähten aufgehängt, der Wind lässt die Ärmel flattern. Vier Arbeitshosen, schäbig grau mit Farbspritzern, sperren sich gegen die Klammern. Sie greift zur bewährten List und hängt sie mit den Trägern auf.

Zwei Hemden und vier Hosen in vier Wochen, vielleicht sollte ihr Mann öfter mal die Hemden wechseln statt die Hosen, obwohl... Sie greift nach dem nächsten Wäschestück, gräuliche Baumwolle hat sich zwischen die dunklen Sachen gemogelt, die braunen Flecken sind nicht rausgegangen. Die langen dünnen Beine baumeln ergeben herab. Feinrippunterhosen, Größe acht, mit ausgeleiertem Eingriff. Sie spürt, wie Säure ihre Speiseröhre flutet, presst die Lippen aufeinander, bloß nichts rauslassen. Sie durchwühlt die restlichen Wäschestücke, keine weitere Feinripp Größe acht zu finden.

Die Säure klopft jetzt an ihre Kehle, alles in ihr sucht nach einer Fluchtmöglichkeit, einem Wegweiser mit der Aufschrift NOTAUSGANG. Sie zwingt sich, den Blick zu senken, auf das Grün der Wiese, das Braun der Maulwurfshügel, die in schnurgerader Linie den Holzzaun kreuzen, auf der Weide dahinter weiterreichen bis zum Waldsaum, sich verzweigen in der weiten Landschaft.

Die Frau lässt sich auf die Knie sinken, fühlt lockere Erde, ein Gang darunter, ganz sicher.

Minutenlang überlässt sie sich einem Traum. Meint zu spüren, wie ihre Arme kürzer werden und sich neben den Kopf legen, die Handflächen dabei schaufelförmig nach außen gedreht. Ihr Hals schrumpft, geht nun ohne Übergang in einen walzenförmigen Rumpf über. Der Kopf schrumpft auch und endet in einer spitzen Schnauze. Und überall wächst ihr ein schwarzbraunes Fell, weich und seidig.

Alles in ihr will anfangen zu graben, kraftvoll, emsig. Nur weg hier.

Sie kneift sich fest in den Arm, um sich zu vergewissern, ob sie noch Mensch ist oder schon Tier. Es ist die Menschenfrau, die den Schmerz spürt.

Das Ende vom Unschuldslamm

Mit einem leisen Ächzen lässt sie sich am Rande der Herde nieder. Das gleichförmige Malmen und die Stille um sie herum lädt ein zu Betrachtungen über das Leben. Mittlerweile eine ihrer Lieblingsbeschäftigungen.

Wohlwollend mustert sie zwei übermütige Lämmer, die sich unter den wachsamen Blicken ihrer Mütter im Bockspringen üben. Ohne Mühe kann sie sich wiederfinden, vor allem in den Unschuldslämmern. Weiß und wollig, weich und zart. Unschuldig eben. Jeder hat Nachsicht mit den lieben Kleinen, die erst noch richtige Schafe werden wollen. Oder eben auch nicht.

Sie zum Beispiel war in ihrer frühen Jugend fest entschlossen gewesen, in diesem paradiesischen Zustand zu bleiben. Für immer. Ohne Verantwortung. Verantwortungslos.

Hastig stoppt sie ihre Gedanken. Nein, nein, so war das nicht gewesen – nur: Sie hatte wenig Lust verspürt erwachsen zu werden. Damals.

Die Geschwister und Lämmerfreunde waren älter geworden, hatten zueinander gefunden oder auch nicht, kämpften ernsthaft miteinander und umeinander und um ihre Rollen in der Herde. Sie nicht. Sie genoss ihr sahnig weiches Fell und übte sich im kläglichen Blöken. Bis Boris kam. Boris mit seinem feurigen Temperament. Plötzlich hatte sie gar nicht schnell genug erwachsen werden können.

Und dann kam ihre ganz große Zeit. Und mit ihr die mit Abstand beste Rolle ihres Lebens: Das Mutterschaf. Sie hat sie perfekt gespielt. Mit dickem Bauch rumrennen, nähren und belehren, behüten und begleiten, gebraucht und geachtet werden, die Welt erklären und Schafs-Tugenden weitergeben – ein Traum. Lange Zeit hätte sie für diese Rolle sterben können.

Sie schaut hinüber zu ihren wollweißen Artgenossen, den streitbaren Jungschafen, den Alten, zum Leithammel. An seinem mächtigen Kopf bleibt ihr Blick hängen.
Manchmal, wenn er ausfiel, hatte sie seinen Platz eingenommen und das Leitschaf gespielt. Überzeugend, wie man ihr versicherte. Dass ihr diese Rolle so wenig Spaß machte, hatte weniger an ihrer Friedfertigkeit als an ihrem fehlenden dicken Fell gelegen. Es missfiel ihr zutiefst, im Rampenlicht zu stehen, scheele Blicke und meckernde Kommentare hinter vorgehaltenem Huf zu ernten und unbeliebt zu sein. Leitschaf zu spielen war eine sehr undankbare Rolle und sie war jedes Mal erleichtert gewesen, wenn sie die wieder abgeben konnte.

Sie zuckt mit den Ohren, um die lästigen Fliegen zu vertreiben. Erhebt sich seufzend – die Gelenke sind auch nicht mehr das, was sie mal waren – und bewegt sich grasend den Hügel hinauf. Sie braucht eine bessere Aussicht.
Erst als sie genügend köstliche Kräuter gefressen hat, kann sie mit dem Philosophieren fortfahren. Mit einem gewissen Unbehagen muss sie sich eingestehen, dass sie nicht nur Paraderollen gespielt hat. Wenn sie da zum Beispiel an ihre Auftritte als dummes Schaf denkt...
Unbedarft und mit einem erheblichen Mangel an Neugier, hatte sie sich stets an alle Schafsregeln gehalten und sicherheitshalber auch noch an alle anderen Regeln, die es auf der Weide gab. Schön den Kopf gesenkt und eifrig gefressen – das hat sie davor bewahrt, über den Zaun zu blicken und möglicherweise ein anderes Schafsparadies zu entdecken.

Eine Weile verbietet sie sich zu denken. Gibt sich ganz dem Rupfen und Zermalmen der saftigen Grasbüschel hin. Aber nicht einmal Fressen schützt sie dauerhaft vor der Erkenntnis, dass es da noch eine Rolle gab, für die sie sich im Nachhinein schämt. Das Opferlamm.

Das war vor Jahren gewesen, als streunende Hunde die Herde eingekesselt und sich zum Angriff formiert hatten. In Ermangelung einer besseren Kandidatin hatte die Herde ihr die Opferrolle angetragen. Sie hatte freudig eingewilligt, was alle anderen erleichterte. Was wiederum ihr gefiel, denn sie hatte es gerne, wenn sie wichtig war für die Gemeinschaft.

Es war eher Zufall gewesen, dass gerade noch rechtzeitig der Jagdaufseher auftauchte und die Meute mit gezielten Schüssen vertrieb. Die Herde lobte sie für ihren Opfermut und feierte sie sogar ein wenig. Was für ihre Moral nicht eben gut war, denn sie hatte nun Geschmack gefunden an der Rolle des Opferlamms. Na ja, nicht gerade Opfer-Lamm, aber immerhin Opferschaf. Sie hatte gespürt, welcher Spielraum sich ihr da bot und wollte ihn gerne ausloten. Leider hatte die Herde aber nicht mitgespielt und sie aus der Rolle entlassen. Sie aber, die jetzt genau wusste, wie Sich-opfern geht, baute einen wunderschönen Altar, schmückte ihn prächtig mit Wandelröschen und spätem Löwenzahn – und legte sich oben drauf.

Mucksmäuschenstill lag sie da in ihrem ungepflegten Fell und wartete auf Gelegenheiten, sich für andere aufzuopfern. Widerwillig gab man ihr ab und zu eine Chance, aber alles in allem erreichte sie nur, dass ihr der Rücken weh tat vor lauter Opferliegen.

Damals war es nicht Boris gewesen, der sie rettete, Jedenfalls nicht direkt. Genau genommen hatte Boris seine funkelnden dunklen Augen auf Heidi, ihre Cousine zweiten Grades, geworfen. Es war schon komisch gewesen, wie schnell sie auf einmal vom Altar heruntergesprungen war.

Wohlwollend mustert sie ihre immer noch kräftigen Beine. Einen Huf vor den anderen setzend, erklimmt sie die höchste Erhebung des Hügels, ein felsiges Plateau, auf dem nur ein einziges Schaf Platz hat, das zudem noch schwindelfrei sein muss. Vorsichtig lässt sie sich nieder und betrachtet ihre friedlich grasenden Artgenossen. Sie ist sich inzwischen sicher, dass sie die Herde nie wirklich verlassen wird. Aber der Schafsrollen ist sie allmählich müde. Und sie langweilt sich.

Kurz schließt sie die Augen, reißt sie aber gleiche wieder auf, etwas hat sie irritiert. Konzentriert starrt sie hinunter zu ihrer Herde, betrachtet jedes einzelne Tier, glaubt schon, dass sie sich geirrt hat und hält dann erneut inne. Da, da drüben unter der windschiefen Kiefer, das Schaf mit den schlanken Beinen. Etwas mit ihm stimmt nicht. Seine Augen, die eigentlich schafstreu zu ihr herüberblicken müssten, funkeln in hellem Bernstein. Listig. Wissend. Hungrig. Statt behäbig hin und her zu schaukeln, gleitet der wollige Körper für einen Moment mit geschmeidigen Bewegungen durch die halb dösende Herde, die mit Wiederkäuen beschäftigt ist.
Sie kneift die Augen zusammen, um den Kopf des Tieres genauer zu sehen. Tatsächlich, aus der schmutziggrauen Wolle ragen dunkle spitze Ohren hervor. Das Tier bewegt sich wieder, unauffällig, hat sich perfekt angepasst. Aber sie lässt sich nicht täuschen, sie nicht. Da unten hat sich ein Wolf im Schafspelz unter die Herde gemischt!

Wunderbar! Sie wird ihn nicht mehr aus den Augen lassen. Und von ihm lernen. Neues, Fremdes, Gefährliches.
Sie stemmt sich hoch, trottet scheinbar gleichgültig in seine Richtung. Mit jedem Meter werden ihre Bewegungen geschmeidiger, wächst ihr Mut. Der Typ ist der reinste Jungbrunnen.

Schlüsselgewalt

Ungeduldig schaut Melanie auf die Uhr, das Kind sollte längst unterwegs sein zum Klavierunterricht. Sie verkneift sich ein Anklopfen, ihre Tochter reagiert in letzter Zeit sehr gereizt, wenn man sie unter Druck setzt. Lieber bringt sie geräuschlos das Schlafzimmer auf Vordermann und achtet dabei auf die Geräusche aus Sophies Zimmer. Eine Tür wird geöffnet, leichte Schritte erklingen, die Wohnungstür fällt ins Schloss. Melanie öffnet die Tür zum Zimmer ihrer Tochter so schwungvoll, dass sie gegen die Wand prallt und der Schlüssel leise scheppernd zu Boden fällt.

Himmel, was für ein Chaos! Im ganzen Raum verstreut liegen Kleidungsstücke, schmutziges Geschirr vergammelt auf dem Boden und der Schreibtisch sieht aus wie ein Kriegsschauplatz. Sophie hat wieder eines ihrer lächerlichen Bilder gemalt, mit viel Schwarz und Rot und glühenden Augen. Der Pinsel ist natürlich auch nicht ausgewaschen. Verärgert zerrt sie den Staubsauger über die Schwelle, sucht in der Küche nach einem Müllsack. Mit dreizehn sollte ein Kind allmählich wissen, wie man Ordnung hält.

Sie reißt das Fenster weit auf und sieht aus den Augenwinkeln, wie das hässliche Poster von Billie Eilish im Luftzug flattert, bis es an den Heftzwecken einreißt und zu Boden segelt. Beim Aufheben stellt sie sich so ungeschickt an, dass das Konterfei des Popstars durch hässliche Knitter verschandelt wird. Voller Genugtuung stopft sie das Poster in den Sack, die beiden engen Tops vom Boden gleich hinterher. Auch Sophies alte Jeans mit den zerrissenen Taschen am Hintern landen im grauen Plastik. Ihre Tochter hat so nette

Sachen zum Anziehen, muss sie da Hosen tragen, bei denen man die Farbe ihres Slips sehen kann? Melanie sammelt die restlichen Kleidungsstücke auf, räumt sie in den Schrank, ordnet die Blusen und Pullover nach Farben und stellt die Schuhe in einer ordentlichen Reihe auf.

Zügig wischt sie Staub, auch hinter den Büchern und fördert dabei Sophies Barbiepuppen zu Tage, die sie liebevoll auf dem Kopfkissen arrangiert. Sie streicht die Decke glatt und schaut dabei gleich unter der Matratze nach, findet aber nur ramponierte BRAVO-Hefte, die sie gleich nach dem Datum sortiert, die älteren Exemplare landen im Sack. Sie saugt unterm Bett, vor dem Fenster und hinter der Tür und als es im Schlauch metallisch klirrt, rüttelt sie so lange, bis der Schlüssel den Weg in den Staubbeutel gefunden hat. Kurz zuckt sie mit den Schultern, wozu braucht ein Kind in dem Alter schon einen Schlüssel.

Wut

Verborgen hat sie sich
Im Schlamm des Untergrunds
Versteckt im Kleid der Schlange
Genährt von Spott und Scham
Ihr Hunger ungestillt
Feist geworden spannt
Die schuppige Haut
Einmal noch fressen
Dann

Déjà-vu

Die Brecher des aufgewühlten Atlantiks schlagen an die Klippen und schicken einen funkelnden Sprühregen auf den Strand, an dem heute Morgen nur wenige Urlauber unterwegs sind. Die meisten liegen noch in ihren Hotelbetten und holen den Schlaf nach, den ihnen der nächtliche Sturm geraubt hat.

Anne ist erst gegen Morgen in einen unruhigen Schlaf gefallen, der ihr dann doch noch einen wunderbaren Traum geschenkt hat, in dem ein Jemand ohne Gesicht zärtlich ihren Rücken streichelte und unverständliche Worte in ihr Ohr raunte. Sie hatte nicht aufwachen wollen, bevor sie die Botschaft verstand, aber Peter hatte ihr keine Chance gelassen. Aufstehen, der Tag erwacht!, hatt er trompetet und die schweren Vorhänge mit einem Ruck zur Seite gezogen. Gleißendes Licht war in den Raum geflossen und hatte einen erfrischenden Morgen versprochen, der dann später in einen heißen Tag übergehen würde. Nach einer Woche in Portugal hat sich Anne nur allmählich an die brachialen Wetterwechsel gewöhnt, Stürme in der Nacht, kühle Frische am Morgen und gnadenlose Temperaturen am Tag und am Abend. Peter dagegen hat dieses meteorologische Feuerwerk vom ersten Tage an geliebt, ja, er schien selber Funken zu schlagen.

Bei brütender Hitze kämpft er auf dem Tennisplatz, joggt mit Gewichten in den Händen im tiefen Sand und surft auf dem schmalen Brett in der aufgewühlten Brandung, obwohl oder gerade, weil es an den Klippen so gefährlich ist. Gefährlich muss es sein oder mindestens rasend schnell. Schon zu Hause war ihr aufgefallen, wie ruhelos er war, ständig stand er unter Strom. Aber hier am Strand von Luz gebärdet er sich wie ein Verrückter.

Anne dagegen fühlt sich mit jedem Tag kraftloser. Rasch verwirft sie diesen Gedanken, im Urlaub ist man nicht deprimiert, schon gar nicht depressiv. Sonne bringt einem doch Wärme ins Herz, lädt die inneren Batterien auf, ist wie eine Vitaminspritze für einen wintermüden Körper. Nur bei ihr funktioniert es diesmal nicht. Je aktiver Peter sich gebärdet, desto steifer werden ihre Knochen, als glaubten sie nicht mehr an eine Verjüngungskur.

Heute Morgen wird ihr Mann bei einem Strandsegel-Wettbewerb mitmachen. Er ist mit Abstand der älteste Teilnehmer, kaschiert diese Tatsache durch einen Neoprenanzug in grellen Farben und zu viel Gel in den lichten Haaren. Anne spaziert lustlos auf und ab, es gibt nur wenige andere Zuschauer, meist Frauen. Sie stehen in zwei, drei Grüppchen zusammen und sind durch die Bank 30 Jahre jünger als sie. Und schön.

Wie immer treiben sich ein paar streunende Hunde am Strand herum, sie sind so alltäglich, dass man sie kaum bemerkt. Heute aber geben ihnen zu wenig Menschenleiber Deckung, heute fallen sie auf, mit ihren mageren Körpern und den ängstlich zwischen die Hinterläufe geklemmten Ruten. Und den bettelnden Augen. Anne dreht sich abrupt um, sie will nicht in diese Augen schauen. Bestimmt sind die Köter krank und haben Parasiten und überhaupt kann sie die Welt nicht retten.

Sie setzt sich auf einen sandfarbenen Stein, glattgeschliffen von der Wucht des Meeres, wendet ihr Gesicht der Sonne zu und schließt die Augen. Es hilft nicht viel, selbst durch die geschlossenen Lider nimmt sie wahr, dass sie nicht alleine ist. Sie reißt die Augen auf, sieht einen großen mageren Hundekörper in einigen Metern Entfernung, hört hechelnden Atem, ahnt zwei matte Augen. Ihre Hand tastet nach einem Stein, irgendetwas, das sie als Wurfgeschoss benutzen könnte, falls er ihr zu nahekommt. Sand rieselt ihr durch die Finger, mehr nicht.

Aber es sieht nicht so aus, als ob der Hund gefährlich wäre, auch wenn es ein Schäferhund ist, er wedelt zögernd mit dem Schwanz. Anne wendet sich ab, schaut den Seglern zu, die über den Strand rasen und sieht aus den Augenwinkeln, wie der Hund vorsichtig drei, vier Schritte näherkommt. Er ist so mager, dass sie sein Herz schlagen sieht, sein Fell ist verfilzt, sein rechtes Ohr eingerissen. Fliegen haben sich in der Wunde festgefressen. Eines seiner Augen tränt, mit dem anderen schaut er sie unverwandt an. Legt sich hin, bettet den Kopf auf seine Vorderpfoten. Wartet.
Anne schwitzt, ihre Kehle ist wie ausgetrocknet, sie sieht sich nach einem Getränkestand um, erhebt sich, schlendert hinüber und fühlt, dass der Hund in einigen Metern Abstand hinter ihr her trottet. Sie kauft eine Flasche Mineralwasser, dann noch eine für den Hund. Bittet um irgendeine Art von Gefäß, es gibt keines.
Sie geht zurück zu ihrem Stein, öffnet die Flasche, trinkt. Der Hund lässt sich nieder, beobachtet sie aufmerksam. Sie gießt sich ein wenig Wasser in die Mulde der linken Hand, hält sie ihm vorsichtig entgegen. Er bleibt unbeweglich liegen, starrt sie an mit seinem einen Auge, das tränende ist bereits geschlossen. Sie erhebt sich seufzend, geht zu ihm hinüber, langsam, vorsichtig, jederzeit bereit, die Flasche als Waffe gegen ihn zu verwenden.

Erst als sie einen Meter vor ihm stehen bleibt, steht er mühsam auf, schiebt sich in ihre Richtung, vorsichtig, jederzeit zum Rückzug bereit.
Anne kniet sich vor ihn, gießt erneut Wasser in ihre Linke, hält sie ihm vor die Schnauze. Seine rosa Zunge schleckt

über ihre Hand, sucht jeden Wassertropfen, es kitzelt. Sie gießt nach, noch einmal und noch einmal, bis die Flasche leer ist. Jetzt ist sie es, die ihn erwartungsvoll anschaut, aber der Schäferhund geht vorsichtig rückwärts, bis genügend Distanz zwischen ihnen liegt.

Man müsste mit ihm zum Tierarzt gehen, denkt sie und wehrt im gleichen Augenblick diesen Gedanken entsetzt ab. Sie mag keine Hunde, schon gar keine streunenden und am allerwenigsten halb verhungerte wie diesen.

Man müsste ihm zu fressen geben, sein Fell bürsten –

Anne hält inne, dieser Satz ist ihr fremd und vertraut zugleich, sie versucht sich zu erinnern, einen Hund gab es auch dabei. Winzig kleine Erinnerungsfetzen tauchen in ihr auf, es ist Äonen von Jahren her. Als sie und Peter noch jung waren, während ihrer ersten gemeinsamen Reise nach Griechenland. Sie hatten in einer kleinen abgeschiedenen Kneipe gesessen, draußen auf einem Vorbau, von dem aus man wunderbar den Sonnenuntergang über dem Meer beobachten konnte.

Da hatte es auch so einen räudigen Schäferhund gegeben, ungepflegt und stumm bettelnd. Peter hatte sie grinsend in den Arm genommen, auf den halbverhungerten Hund gedeutet und gesagt: Du bist wie der da. Wenn man sich seiner liebevoll annehmen würde, ihn füttert und bürstet und pflegt, dann würde man sehen, wie schön er ist. Sie hatte lange auf den Hund gestarrt.

Und all die Jahre darauf gewartet, dass Peter sein Versprechen erfüllt.

Mit drei, vier Schritten ist sie bei dem Tier, legt ihm eine Hand auf den Kopf, das zottige Fell fühlt sich erstaunlich weich an. Der Hund schiebt sich näher, drückt seinen Brustkorb gegen ihr Knie, ganz sacht, vielleicht wünscht sie es sich auch nur.

Peters Wettbewerb ist zu Ende, um seinen Hals hängt an einem grünen Band eine Plakette. Mit weitausholenden Schritten kommt er auf sie zu gerannt, bremst mitten im Lauf, bleibt konsterniert stehen. Spinnst du? schreit er gegen den Wind und deutet auf den Hund. Der Hund knurrt, verhalten nur, aber er knurrt, Anne kann es an ihrem Knie spüren.

Als erstes wird sie Futter für ihn kaufen. Er muss zu Kräften kommen.

Die große Reise

Mit einem satten Geräusch gleitet die Tür des Wohnmobils zur Seite. Wie jedes Mal in den letzten Tagen schlägt ihr Herz ein wenig schneller beim Anblick ihres neuen Domizils. Helles Holz, türkisfarbener Teppichboden, ein lichtblauer Bezug auf den Sitzbänken. Die kleine Kochinsel blitzt noch jungfräulich, und über allem liegt ein Duft von Sauberkeit und ein wenig Chemie. Helene ist glücklich wie schon lange nicht mehr. Sie steigt rasch nach vorne ins Cockpit und drückt ihrem Mann einen Kuss auf die Wange, der hoch konzentriert auf die ausgebreitete Landkarte starrt und keine Notiz von ihr nimmt.

Sie pustet sich eine Haarsträhne aus der Stirn, greift entschlossen nach dem Wäschekorb und beginnt mit dem Einsortieren. Bis heute Abend muss alles verstaut sein, Konrad hat eine akribische Liste gemacht, die sie sorgfältig abarbeitet. Helene argwöhnt, dass sie viel zu viel mitnehmen, aber was soll's: Keiner von ihnen war jemals im Leben sechs Monate am Stück unterwegs. Morgen früh um acht Uhr werden sie starten. Sie werden auf der schönsten Küstenstraße Europas über Österreich, Herzegowina und Albanien nach Griechenland fahren. Und erst im Spätherbst von Portugal aus die Heimfahrt antreten.

Drei Wochen lang haben sie an einem Wohnmobil-Training des ADAC teilgenommen, sie sind gerüstet, beide.

Helene fühlt sich sehr leicht und frei. Und mutig. Sie schielt zu Konrad hinüber, während sie Handtücher in der Dusche aufhängt. Ihr Mann hat sich in den letzten zehn Minuten nicht bewegt. Mit gerunzelter Stirn starrt er auf Daumen

171

und Zeigefinger seiner rechten Hand, die offensichtlich eine Entfernung auf der Karte abmessen.

„Ich habe vorhin mit deinem Vater gesprochen", unterbricht Helene die Stille. Konrad starrt weiterhin auf die Straßenkarte, die Stirn noch immer in Falten gelegt. „Ich habe ihm versprochen, dass wir regelmäßig mit ihm telefonieren werden."

Konrads Vater lebt noch immer alleine in seinem Haus mit dem großen Garten. Zäh ist er und mit einem eisernen Willen gesegnet. Bis vor einem dreiviertel Jahr hat er seine Unabhängigkeit verteidigt, dann hat ihn ein Schlaganfall in die Knie gezwungen.

„Ich werde nachher noch mal mit Schwester Maria telefonieren und ihr sagen, dass wir uns jede Woche montags und donnerstags gegen 10 Uhr melden." Helene ist erleichtert, wenn sie an Schwester Maria denkt. Sie ist zwar Altenpflegerin, lässt sich aber lieber mit ‚Schwester Maria' anreden, weil die zu Betreuenden dann leichter Vertrauen aufbauen. Helene glaubt ihr das gerne.

Es war sehr mühsam gewesen, eine gute Pflegekraft zu finden. Konrads Vater lehnte sie alle ab: die eine war zu jung und flatterhaft, die andere hatte ein unappetitliches Äußeres, und so war es weitergegangen mit seiner Kritik. Helene und Konrad wären beruhigter gewesen, wenn der alte Mann für diese sechs Monate in ein Altenheim gezogen wäre, dann wäre er nicht so oft alleine gewesen. Aber er hatte sich vehement geweigert.

Konrad war immer bedrückter geworden, je näher seine Pensionierung rückte und mit ihr der Termin für die Lieferung des Wohnmobils. Er hatte die Welt erobern wollen, solange er dazu noch imstande war. Sein Traum drohte zu scheitern, wenn sie keine Lösung für den Vater fanden.

Und dann stellte sich Schwester Maria vor, und Helene und Konrad kam die Mitarbeiterin eines Pflegedienstes wie ein

Geschenk des Himmels vor. Denn der Vater hatte nichts an ihr auszusetzen, nicht zu alt und nicht zu jung, körperlich und seelisch robust, mit ihr konnte er sogar lachen. Konrad fing an sich zu entspannen. Und Pläne zu schmieden, Routen auszuarbeiten.

Helene atmet tief ein, ergreift den nun leeren Wäschekorb und will sich wieder auf den Weg ins Haus machen.
„Ich packe als nächstes die Lebensmittel in den Kühlschrank, mit den Anziehsachen bin ich fertig."
Konrads Haltung hat sich kaum verändert, außer dass er sich mit einem leisen Ächzen über die Augen gewischt hatte.
„Schwester Maria war vorhin hier", seine Stimme ist ohne Modulation. „Sie hat sich verabschiedet."
Helene setzt den Korb ab und lehnt sich an den Türrahmen.
„Nett von ihr, dass sie den Weg hierher auf sich genommen hat. Das wäre doch nicht nötig gewesen."
Sie gratuliert sich innerlich noch einmal zu dem Glücksgriff, den sie mit der Pflegerin gemacht haben.
„Mein Vater hat sie entlassen." Ihr Mann blickt sie immer noch nicht an. Sein linkes Augenlid zuckt. Helene versteht nicht, lacht kurz auf, lässt Konrad nicht aus den Augen.
„Wie, hat sie entlassen? Er kann sie doch nicht einfach entlassen!" Ihre Stimme wird schrill, obwohl sie sich um Ruhe bemüht.
Konrads Lid hört nicht auf zu zucken. „Vater meint, dass er niemanden braucht, schon gar nicht jemanden, der ihn nicht ordentlich wäscht. ,Abmuckeln würde sie ihn', hat er zu Schwester Maria gesagt." Seine Stimme ist noch immer tonlos. Noch immer blickt er sie nicht an. Wut schießt wie ein Geysir in Helene hoch: „Und was machen wir jetzt?"
Sie will, dass Konrad mit der geballten Faust auf das Armaturenbrett schlägt, will, dass er brüllt. Will, dass er den Motor startet und sie losfahren. Jetzt. Auf der Stelle.
„Ich kann ihn doch nicht alleine lassen."

Jetzt schaut er sie endlich an, mit hängenden Schultern.

„Er hat doch nur mich."

Helene legt seine Hemden, Hosen, die T-Shirts und Socken fein säuberlich zurück in den Wäschekorb und steigt aus. Trägt ihn hinüber ins Haus, geht ins Badezimmer, schließt das Fenster und die Tür. Hämmert mit den Fäusten gegen die Fliesen.

Am nächsten Morgen wird Konrad durch ein vage bekanntes Rumpeln geweckt, das unterlegt ist von einem anderen Geräusch. Ein starker Motor wird wach, eine Tür gleitet mit sattem Schmatzen in ein Schloss, der Motor heult auf, weil jemand zu viel Gas gegeben hat. Mit einem Satz ist Konrad aus dem Bett, am Fenster, er zerrt den verdammten Vorhang zur Seite. Das Wohnmobil nimmt Fahrt auf, rollt zum Tor hinaus, verschwindet langsam um die Ecke. Auf dem Fahrradträger schwankt ein einsames Damenrad.

Garfield ist so laut

Bei ihr zu Hause steht auch in der Küche ein Fernseher. Miriam steckt sich beide Zeigefinger in die Ohren und spricht laut vor sich hin. Sie muss englische Vokabeln lernen, morgen schreibt sie einen Test. Sehen heißt *see, saw, sawn*. Gehen heißt *go, went, gone*. Es ist gar nicht so leicht, Kater Garfield zu übertönen, aber sie kann sonst nirgends hin, im Wohnzimmer liegt Mamas Bruder auf der Couch und im Schlafzimmer riecht es so komisch.

See, saw, sawn und go, went, gone.
See, saw, sawn, go, went, gone.
Morgen muss sie eine Drei schreiben. Mindestens!

Cindy streckt ihr die Zunge raus und stellt den Ton lauter. Miriam protestiert, bei dem Krach kann kein Mensch lernen und im Kinderzimmer schläft das Baby. Die Mutter winkt ab und dreht ihr den Rücken zu, telefoniert weiter. Miriam hat schon wieder vergessen, was ‚ging‘ und ‚gegangen‘ heißt. Der Fernseher dröhnt und Cindy feixt mit dem fetten Kater um die Wette. Miriam jagt ihr hinterher, will ihr die Fernbedienung wegnehmen, aber die jüngere Schwester versteckt sich hinter dem breiten Rücken der Mutter.

See, saw, sawn, go, went, gone.

Cindy hat ein schwaches Herz, man muss sie schonen, hat Mama gesagt. Aber Cindy fuchtelt ihr mit der Fernbedienung vor dem Gesicht herum und hört nicht auf blöde Grimassen zu schneiden. Miriam tritt ihr gegen das linke Schienbein. Cindy schreit wie am Spieß und die Mutter schlägt Miriam mit einer fließenden Bewegung ins Gesicht, ohne auch nur einen Moment ihr Telefonat zu unterbrechen.

Go, went, gone, go, went, gone, um nichts in der Welt wird sie heulen.

Cindy beobachtet sie mit funkelnden Augen, zieht enttäuscht die Nase hoch, als sie keine Tränen sieht, reibt sich das Schienbein. Familie ist die ‚*family*‘, das ist leicht, sie zählt nach, wie viele Wörter sie noch lernen muss: Siebenunddreißig! Als ihre Mutter fertig ist mit Telefonieren, setzt sie sich zur jüngeren Tochter auf die Eckbank und zündet sich die nächste Zigarette an. Der Rauch nistet sich in ihren krausen Haaren ein, sie streift die Asche ab, der graue Kegel landet auf einem trockenen Pizzarest vom Mittagessen. Unter halb geschlossenen Augen sieht sie Cindy dabei zu, wie sie mit einer Zackenschere Fransen in das gelbe Wachstuch auf dem Küchentisch schneidet.

Miriam beugt sich über ihr Englischbuch und wiederholt die letzten fünf Vokabeln, nochmal und nochmal und versucht, Garfield und ihre Schwester auszublenden.

„Guck mal, Mama, wie die sich hinter ihren Haaren versteckt,“ Cindy kichert, die Mutter ertränkt ihr Lachen mit einem großen Schluck aus dem Glas.

Go, went.

Miriam hat schon wieder vergessen, was ‚gegangen‘ heißt. Ihre Versetzung ist gefährdet, hat die Klassenlehrerin am Morgen zu ihr gesagt. Sie solle sich einfach mal anstrengen. „Mama, findest du lange Haare auch so doof“, zwitschert Cindy und streicht sich dabei den kurzen Pony aus dem Gesicht. Die Antwort der Mutter geht im höhnischen Gelächter von Garfield unter und auch das Ratschen kann Miriam nicht hören. Aber sie kann die scharfe Kälte von Metall auf ihrer Kopfhaut spüren und eine plötzliche Kühle am linken Ohr und das Kitzeln seidiger Haare auf ihrer Schulter. Anmutig wie eine goldbraune Schlange rollt sich die gezackte Strähne zu ihren Füssen zusammen.

‚Gone', denk Miriam und kann nicht aufhören, auf den Boden zu starren.

Kühles Aquamarin

Professor Pierre Fournier sieht aus wie der junge Bertolt Brecht: schmales Gesicht mit dominanten Augenbrauen, die durch eine schwarze Brille betont werden, fransige Haare über hoher Stirn. Ein Intellektueller durch und durch, der das Kunststück fertigbringt, kühl und distanziert genau die Menschen zu düpieren, die er zuvor durch sein Charisma in den Bann gezogen hat. Fournier ist eine Koryphäe auf dem Gebiet der Psychopathologischen Forschung. In letzter Zeit sind öfter Fotos von ihm in den Klatschspalten der Boulevardpresse aufgetaucht, an seiner Seite häufig eine geheimnisvolle Schönheit namens Isabella Z.

Ich gehöre zu den glühendsten Verehrern des Professors. Schließlich habe auch ich mich während des Masterstudiums intensiv mit Menschen befasst, die die Schwächen ihres Gegenübers ohne Skrupel ausloten und kaltblütig für sich nutzen können. Ich habe alle seine Veröffentlichungen gelesen, habe in vielen seiner Seminare gesessen, aber jetzt ist der Zeitpunkt erreicht, an dem ich mehr will. In seinem Forschungsteam will ich mitarbeiten. Um jeden Preis.

In den vergangenen Tagen habe ich versucht, in seine Nähe zu kommen, um mit ihm zu sprechen. Es ist mir nicht gelungen. Immer sind andere schneller gewesen, manchmal war auch er schneller, verschwand mit raschen Schritten hinter seiner Bürotür oder eilte fachsimpelnd mit anderen Zuhörern aus dem Saal. Ich habe angefangen ihm aufzulauern, im Eingangsbereich, in der Mensa, sogar vor den Unitoiletten. Aber er scheint über ein inneres Radar zu verfügen, das seine Schritte stets an mir vorbei leitet. Fast befürchte ich, dass er mir ausweicht und verdopple meine Bemühungen. Am Freitagmorgen ist das Glück mit mir, der Professor sitzt im Hörsaal in der ersten Reihe und hat sich in sein Manuskript vertieft. Er sieht mich nicht kommen.

„Professor Fournier", ich muss mich räuspern, „mein Name ist Menoit, Michel Menoit."

Er schaut hoch von seinen Papieren und mustert mich kühl. Kein Zeichen von Neugier, nicht die geringste Spur von Entgegenkommen.

„Professor Fournier, ich arbeite als Psychologe im Untersuchungsgefängnis von St. Emilien hier in Paris und habe bei ihnen studiert. Erinnern Sie sich an mich?"

Desinteressiert schüttelt er den Kopf, aber so schnell gebe ich nicht auf.

„Ich verfolge mit größtem Interesse ihre Forschungen über dissoziale Persönlichkeitsstörungen."

Sein Gesicht verzieht sich gelangweilt.

„Ich will unbedingt in Ihrer Forschungsgruppe mitarbeiten!"

Mal sehen, ob er sich erweichen lässt.

Unter seinem kalten Blick fühle ich mich wie ein aufgespießtes Insekt, aber immerhin, jetzt sieht er mich an.

„Mein lieber Monsieur, mein Mitarbeiterstab ist komplett, ich suche niemanden. Wenden Sie sich doch an meinen Kollegen..."

Ich unterbreche ihn, bevor er seinen Satz beenden kann:

„Lucien Fabre ist tot."

Jetzt habe ich seine ganze Aufmerksamkeit.

„Wie kommen Sie denn auf den Schwachsinn?"

„Seit heute Morgen berichten die Nachrichten fast ausschließlich über seine Ermordung!", antworte ich und schaue bekümmert. Fourniers linke Augenbraue wandert nach oben, dem Rest seines Gesichts sieht man keinerlei Gefühlsregung an.

Ich schiebe ein kratziges ‚Bitte' hinterher und sehe ihn hoffnungsvoll an. Dabei halte ich den Kopf nur leicht zur Seite geneigt, ich will ja nicht zu demütig wirken. Fournier gibt sich geschlagen, wenn auch nur halb, kramt in seiner Aktentasche, schreibt ein paar Worte auf einen gelben Zettel mit Eselsohren und drückt ihn mir in die Hand. Seine krakelige Schrift ist kaum zu entziffern.

„Rue du Soleil, 4. Arrondissement?", frage ich.

Er bestätigt die Adresse mit einem knappen Nicken.

„Wenn Sie mein Haus finden, dann führen wir heute Abend um 19 Uhr ein Vorstellungsgespräch. Wenn nicht, dann war es das."

„Keine weiteren Angaben?", will ich wissen.

„Keine weiteren Angaben", bestätigt er, rafft seine Unterlagen zusammen und eilt zum Rednerpult.

Zufrieden schlendere ich zu meinem Platz in der zweiten Reihe und lasse mich Minuten später vom Vortrag meines zukünftigen Arbeitgebers inspirieren.

Bereits am Nachmittag stehe ich in der Rue du Soleil, es ist empfindlich kühl, weil Herbstnebel sich erfolgreich vor die Sonne geschoben hat und die Temperatur nach unten drückt. Ich mustere die Häuser, die wie graue Gespenster auf beiden Seiten die Straße säumen. Alle erbaut am Anfang des letzten Jahrhunderts, gezeichnet von den Unbillen des Lebens und den Menschen, die in ihnen wohnten. Alle stehen direkt an der Straße, kein Vorgarten, keine Treppe, die ihnen Individualität verleihen würde. Ich schätze, dass die Straße mindestens einen halben Kilometer lang ist, wie ein grauer Wurm windet sie sich den Hügel hinunter. Ich habe mich schlau gemacht. Fourniers Anschrift ist nirgendwo verzeichnet, nicht bei den Behörden, nicht im Netz. Ich konnte auch nicht in Erfahrung bringen, ob er einen Wagen benutzt oder mit der Metro fährt. Schwierig also ihn abzupassen.

Ich beginne meine Ortsbegehung mit dem Haus Nr. 1 auf der linken Seite, schreite den holprigen Bürgersteig ab, bis die Straße am Place du Reine endet, wechsle die Straßenseite und kehre zurück bis zur Nr. 2. Mustere dabei jedes Haus, lasse Fenster und Türen, die Blumenkästen und Fensterdekorationen auf mich einwirken.

Ein weiteres Mal überquere ich die Straße und bleibe nach gut dreihundert Metern vor dem Haus Nr. 217 stehen. Das muss es sein: Hölzerne Läden wie Scheuklappen vor den Fenstern und eine Tür von kargem Zuschnitt, gestrichen in kühlem Aquamarin. Abweisend und unnahbar, als wolle der Bewohner unliebsame Besucher vertreiben. Ein letzter Blick auf das nüchterne Türblatt mit dem ovalen Glaseinsatz ziemlich weit oben, einer bronzenen Klingel als einzigem Schmuck, alles passt. Ich habe keinen Zweifel mehr.

Nur ein paar Schritte entfernt vom Objekt meiner Begierde hat sich auf der gegenüberliegenden Straßenseite ein kleines Bistro einquartiert. Ich wähle den einzig freien Tisch am tiefen Fenster und bestelle ein Glas Crémant. Von hier habe ich das Haus gut im Blick, sehe mit Befriedigung, wie der Professor sein klappriges Fahrrad durch das Gartentürchen schiebt und an die Hauswand lehnt und eilig hinter der blauen Eingangstür verschwindet.

„À votre Santé, Monsieur Fournier", ich hebe mein Glas und proste ihm zu, „ich habe Sie gefunden, genau wie ich den armen Lucien Fabre vor zwei Tagen ausfindig gemacht habe."

Und in Kürze werde ich auch Isabella wiederfinden. Die liebreizende Isabella Z., die sich im Sommer unerlaubter Weise aus meinem Leben entfernt hat. Und das Beste: Monsieur Fournier wird keine Gelegenheit mehr haben, sie zu vermissen.

Reihe 6, Platz 10

Mein Mann und ich haben ein Problem.

Als wir uns das Jawort gaben, sagte der Pfarrer noch zu uns Brautleuten: ‚Bis dass der Tod euch scheidet'. Sie merken sicher, dass seit diesem denkwürdigen Tag bereits einige Zeit vergangen ist. Nun ist es ja nicht gerade so, als würden wir von Ferne schon das Totenglöckchen läuten hören, aber wenn man wie wir in die Jahre kommt, macht man sich so seine Gedanken.

Vielmehr macht mein Mann sich so seine Gedanken, er ist der Tiefgründige in unserer Ehe. Ich bin mehr für das Leichte und Leichtsinnige zuständig. Mein Mann also fragte mich neulich, die Sonne schien und kein Wölkchen lauerte am Himmel, wie ich mir denn mein Begräbnis vorstelle. Sonst durchaus nicht auf den Mund gefallen, verschlug es mir erst einmal die Sprache.

Um Zeit zu gewinnen, konterte ich geschickt mit der Gegenfrage: „Wie willst du es denn haben?"

Mein Mann hatte sich in der Tat Gedanken gemacht und seine Antwort war kurz und knapp: „Ich möchte ein kleines Urnengrab!" Mein Mann ist immer so bescheiden.

Was man von mir nicht gerade sagen kann.

Urnengrab! Dieses kleine unscheinbare Rechteck, auf dem man nichts Gescheites pflanzen kann. Und bei dem jeder, der zu Besuch kommt, Probleme hat, sich den Verstorbenen in voller Lebensgröße vorzustellen. Und überhaupt: Man will doch um einen Menschen trauern und nicht um eine Vase mit einem Deckel drauf und etwas Asche drin! Nein, so winzig hatte ich mir meine letzte Ruhestätte nun wirklich nicht vorgestellt. Ein richtiges Grab muss es sein, das keinen Zweifel daran lässt, dass ich zu Lebzeiten größer als 50 cm war. Einen Platz und kein Plätzchen will ich, wo man mich besuchen und ein wenig mit mir plaudern kann und sich gegebenenfalls auch mal Rat holt. Eine kleine Bank würde diesen Austausch sicher fördern.

„Und wer bitteschön soll dein Riesengrab pflegen?"

Mein Mann kam in Fahrt.

„Ich bin dann schon längst in meiner Urne!" Ein leichter Triumph in seiner Stimme war nicht zu überhören.

Langsam kam auch ich auf Touren: „Das ist mir doch egal! Da kommen Bodendecker drauf und damit hat sich's. Und komme ja nicht auf die Idee, meinen Grabstein zu putzen! Ich hasse das!"

Bevor mein Mann mich daran erinnern konnte, dass schließlich er der Erste sein wird, der sich auf dem Friedhof zur letzten Ruhe legt, spulte ich schon meine konkreten Wünsche ab: „Also, aus Rotsandstein muss er sein, mein Grabstein, und groß muss er auch sein, damit man beim Lesen der Inschrift nicht die Brille aufsetzen muss. Und schlicht soll er sein."

An dieser Stelle lachte mein Mann sarkastisch auf.

„Schlicht? Darf es für die Gnädigste nicht vielleicht eher ein Grabmal sein, mit Engel davor und anderem Pomp?"

Das schien mir dann doch allzu üppig, obwohl – ich habe schon ganz gerne ein bisschen Platz um mich herum. Und für meinen Mann und seine Urne würde sich dann gewiss auch ein nettes Plätzchen in meiner Behausung finden.

„Ich werde mich gleich nächste Woche mal erkundigen, was so eine Familiengruft kostet", provozierte ich ihn und wartete gespannt auf seine Reaktion.

„Hach", schnappte er, „und auf welchem Friedhof bitteschön soll dein kleiner Palast stehen? So oft, wie wir schon umgezogen sind? In deiner Lieblingsstadt vielleicht? München können wir uns nicht leisten! Und in Bremen stört dich der ewige Regen. Bei deinen Eltern in Frankfurt ist kein Platz mehr und zu meinen Eltern willst du ja nicht. Und hier", mein Mann holte tief Luft, „hier kennt uns keine Menschenseele. Da kriegst du nie Besuch!"

Leider hatte er damit Recht. Seit Tagen zermartere ich mir schon den Kopf, wie wir dieses Problem lösen können, denn eines steht fest: Ich habe keine Lust, mich auf seinem Plätzchen klein zu machen, denn mein Mann behauptet, dass er sich in meinem großen Grab verloren vorkommen würde. Egal, an welchem Ort es läge.

Vorhin wollte er von mir hören, was ich denn von einer Seebestattung halte. Sie wissen schon, die Asche der Verstorbenen wird von einem Schiff aus in einer leicht löslichen Urne dem Wasser übergeben. Ich bin mir noch nicht sicher, was ich von dieser nassen Geschichte halte. Aber einen Vorteil hätte sie: Zu guter Letzt könnten wir noch was sehen von der Welt!

Kurzgefasst

Frau
Chiara Dohlmann   Regina Sonnleitner
Lorenzallee 188   Sudetenstraße 13
xxxx München   xxxx Unterammergau

Sehr geehrte Frau Dohlmann,

verzeihen Sie die förmliche Anrede, aber wir haben uns
noch nicht kennengelernt. Allerdings kennen Sie den Max,
meinen Sohn, wie mir scheint, ziemlich gut. Denn immerhin
will er Sie uns in drei Wochen vorstellen.
Mein Max ist ein sehr sozialer Mensch, war er schon als Bub.
Hat in unserem Garten einen Friedhof für verblichene Haus-
tiere angelegt, nach dem Gottesdienst sein letztes Taschen-
geld in den Klingelbeutel geworfen, ältere Damen höflich
über die Hauptstraße geleitet, obwohl kaum Verkehr
herrschte, war ein überzeugter Pfadfinder und überhaupt
allen schwachen Lebewesen aufs Innigste zugetan. Folgerich-
tig hat er sich nach dem Abitur für das Studium der Sozial-
pädagogik entschieden. Aber das wissen Sie ja sicher längst.
Nun meine Frage an Sie, werte Frau Dohlmann: Sind Sie
auch so ein sozialer Mensch?

Hochachtungsvoll
Regina Sonnleitner

Hallo Frau Sonnleitner,

Ihre Frage nach meiner sozialen Einstellung lässt sich schnell beantworten: nicht mein Schwerpunkt!

Mit freundlichen Grüßen
Chiara Dohlmann

Liebe Chiara,

Sie sind in unserem Haus herzlich willkommen und mein Mann und ich freuen uns sehr, Sie kennenzulernen. Zwei von Max' Sorte wären furchtbar, denn einer sollte vernünftig bleiben.

Ihre erleichterte
Regina Sonnleitner

Neulich im Hotel

Gabriele gönnt sich ein paar Tage Urlaub in einem schönen und teuren Hotel am Bodensee. Tagsüber genießt sie den Anblick der Alpen, den wunderbaren See, die gute Küche. Abends ist es schon schwieriger, vergnügt zu sein. Abends sitzt sie alleine am Tisch, während reihum die Paare dinieren.

Abends ist sie die Älteste im ganzen Restaurant.

Abends weiß sie nicht wohin mit sich.

Rettet sich in die Sicherheit ihres Zimmers. Zappt durch die Fernsehkanäle, aber angesichts des Programmes überkommt sie gähnende Langeweile. Die Bücher, die sie vorsorglich im Gepäck hat, öden sie an.

Es herrscht Stille im Haus. Kein Getrappel auf dem Flur, kein Surren der Aufzüge. Nur ab und zu sind von oben Geräusche zu hören. Ein beunruhigendes Stöhnen, unterbrochen von heftigem Atmen. Sie will zum Hörer greifen, um die Rezeption anzurufen, vielleicht ist jemand in Not, als das Stöhnen erstirbt. Angespannt liegt sie im Bett, unschlüssig, ob sie einschlafen oder doch lieber handeln soll, als nach einer Weile wieder heftiges Atmen einsetzt. Diesmal kommt das Stöhnen eindeutig von einer Frau.

Gabriele ist inzwischen hellwach, zappt erbittert durchs Fernsehprogramm, die Geräuschkulisse von oben geht ihr zunehmend auf die Nerven. Bis sie durch einen falschen Tastendruck feststellt, dass der Fernseher über einen Bezahlsender verfügt. Mit Pornos.

Den Rest der Nacht und die folgenden drei Nächte verbringt sie mit erfolglosen Versuchen, so einen Dings, so einen Porno herunterzuladen. Schließlich gibt sie auf. Und ärgert sich.

Auf der Heimfahrt schwört sie einen Eid, dass sie beim nächsten Hotelaufenthalt jemanden von der Rezeption um Hilfestellung bitten wird mit dem Bezahlsender und nimmt sich eisern vor, sich dabei nicht zu schämen.

Richtungswechsel

Ein Sandsturm
Bedrängt sie seit Wochen
Nimmt ihr die Sicht
Verwischt die Konturen
Verändert die Landschaft

Macht sie sprachlos und
Treibt sie vor sich her
Wütet ohne Rücksicht auf Verluste
Ein angestrengtes Lächeln
Gräbt sich in ihr Gesicht

Sie hat es doch so gewollt, oder?
Aber doch nicht so
Jammert ihr furchtsames Herz
Weniger heftig, langsamer
Moderater, mit genügend Zeit
Um mich an die Veränderungen,
Zu gewöhnen, sie auszubremsen
Wenn es zu viel wird

Zu spät, lacht der Sturm
Und bläst erneut die Backen auf
Ich werde toben
Bis mir die Luft ausgeht
Und mein Werk vollendet ist

Mit gesenktem Kopf
Stapft sie weiter
Und nickt ergeben

So ist's brav
Grölt der Sturm
Versprechen kann ich dir nichts
Aber wenn du Glück hast
Geht es gut aus

Das Haus

Seit meiner Kindheit schlafe ich schlecht. Die heutige Nacht war eine von der üblen Sorte. Für gewöhnlich vertreibe ich die dunklen Schatten mit einer Kanne starken Kaffee, aber heute zieht es mich gleich hinaus, vielleicht hilft Bewegung an der frischen Luft. Mit Nachdruck ziehe ich die Haustür hinter mir ins Schloss, öffne den Reißverschluss meiner Baumwolljacke, es ist viel wärmer, als ich dachte. Wie von selbst schlagen meine Füße den Weg zum Park ein.

Nichts an meiner Heimatstadt ist besonders reizvoll – nur der Park ist ein Gedicht. Betagte Baumriesen und üppige Rosenbüsche, die jetzt im Frühsommer einen atemberaubenden Duft verströmen, versteckte Lauben und mäandernde Bäche, die zum Verlassen der gepflegten Wege herausfordern, hier ist es fast unwirklich schön. Ich schlendre um den seerosenüberwucherten Teich und versuche zu meditieren. Die Idee dazu stammt von Dr. Würmann, um mich wieder einzukriegen, hat er gesagt, wenn's mir nicht gut geht. Dr. Würmann ist mein Therapeut, seit Jahren schon. Ich glaube nicht, dass er besonders erfolgreich ist.

Gewöhnlich benutze ich die Hauptwege, weil es da nur so wimmelt von Menschen, in deren Gegenwart ich mich geborgen und zugehörig fühle. Heute ist es anders, ich möchte lieber für mich bleiben. Also folge ich den kleinen Pfaden, die sich mit dem Bach durch Buschwerk schlängeln, sich verzweigen und später mit anderen Wegen vereinen. Lustlos kicke ich Kiesel vor mir her, fünfmal, sechsmal, blicke kurz auf, als auch der letzte im Bachbett landet, und bleibe verdutzt stehen. Vor mir duckt sich ein Haus im Schatten einer kränkelnden Linde, als wolle es sich verstecken. Hier im Park hat noch nie ein Haus gestanden, was soll der Mist, ich schaue mich aufgebracht um – die Gegend ist mir völlig unbekannt. Bei dem Haus bin ich mir nicht sicher.

Mit zusammengekniffenen Augen mustere ich die Fassade, die Fenster, das Dach, die Eingangstür. Ich betrachte das Haus ein zweites Mal, um herauszufinden, an welcher Stelle ich eben innerlich aus dem Rhythmus gekommen bin. Die Fassade, die Fenster, genau, die Fenster. In meiner Stadt gibt es seit mindestens zwanzig Jahren keine Fensterläden mehr. Rollläden ja, aber keine Fensterläden. Mein Verstand sagt mir, dass ich noch nie hier war, dass ich dieses Haus niemals zuvor gesehen habe. Und trotzdem weiß ich genau, wie sich drinnen die Sonnenstrahlen durch die Lamellen zwängen und Muster auf den Holzfußboden malen. Und wie die winzigen Staubteilchen in der abgestandenen Luft tanzen. Verrückt.

Unruhe erfasst mich, einen kurzen Moment lang will sich ein Gedankenfetzen in mein Bewusstsein schlängeln. Ich versuche ihn festzuhalten, bin aber nicht schnell genug.
Umkehren oder bleiben? Meine Hand öffnet die rostige Gartenpforte, bevor ich noch eine Entscheidung getroffen habe. Der gepflasterte Weg verschwindet fast unter üppig wucherndem Unkraut, ich schiebe die Ellenbogen vor mir her, um mir die mannshohen Brennnesseln vom Leibe zu halten und stolpere. Hier bin ich früher schon gestolpert, die mittlere Platte in Höhe des bemoosten Gipslöwen ist locker.

Meine Schritte werden langsamer, je näher ich der Haustür komme. Meine Hand fühlt sich taub an, als ich vorsichtig die alte Türklinke niederdrücke. Ich weiß, dass ich nach der Klingel erst gar nicht suchen muss. Jemand hat den Draht herausgerissen. Die Türangel ist geölt, sie quietscht nicht mehr, aber dafür schleift das Türblatt über die mattbraunen Fliesen wie eh und je.

Der Flur ist schmal und düster, wenig Licht kommt von außen durch die schmutzigen Fenster. Die Türen, die rechts abzweigen, verschwinden im diffusen Licht des frühen Vormittags. Damals war es ganz anders, die Sonne schien, es war Frühling und ich hatte zum ersten Mal im Jahr Kniestrümpfe an.

Zack, wie mit einem scharfen Messer ist der Erinnerungsfaden durchtrennt. Ein modriger Geruch dringt in meine Nase: abgestandene Luft, alter Staub und noch etwas anderes rieche ich: Angst. Sie kriecht vom Boden zu mir herauf, versucht in mein Gehirn zu dringen.

Der Impuls, mich in Sicherheit zu bringen, ist überwältigend. Das Zimmer im ersten Stock, das Zimmer im ersten Stock, mehr kann ich nicht denken. Meine Füße finden wie von selbst den Weg zur Treppe. Schnell husche ich hinauf, leise, leise, biege scharf rechts um die Ecke und erkenne das Zimmer schon vom Treppenabsatz aus: durch die halbgeöffnete Tür lugt die verblasste rosa Tapete mit den Lämmern und den lila Streublumen. Die ehemals weiße Gardine hängt in grauen Fetzen von der Stange.

Alles an mir drängt vorwärts, nur meine Füße verweigern den Dienst, bleiben wie festgenagelt auf den schrundigen Dielenbrettern stehen. Vor mir, in der Mitte des Flures, lauert ein großer Fleck, verblasstes Schwarzbraun, an den Rändern verlaufen. Er hat noch immer die Form eines Sees mit einer kleinen Insel in der Mitte. Nur war er damals nicht schwarzbraun, sondern grausam rot.

Ich muss das Zimmer mit den Lämmern erreichen, die Tür hat einen starken Riegel. Den Rücken fest an die Wand gepresst, schiebe ich mich Zentimeter für Zentimeter vorwärts, bleibe mit der Jacke an einem Nagel hängen, kann mich nicht losreißen. Unten schleift die Haustür über den Boden, einmal, zweimal. Voller Panik winde ich mich aus der Jacke, schiebe mich weiter an der Wand entlang, bin jetzt auf Höhe der Insel inmitten des schwarzbraunen Sees, werde immer langsamer, der Fleck saugt alle Energie aus mir. Erschöpft rutsche ich an der Wand nach unten und umklammere meine Knie, die sich nicht beruhigen lassen.

Schwere Schritte kommen die Treppe herauf. Jemand singt mit hoher Stimme: „Eckstein, Eckstein, alles muss versteckt sein. Eins, zwei, drei, ich komme".
Dann ein widerwärtiges Kichern: „Ich komme, Lisa, ich komme..."

Seifenoper

Ein Blick auf den Kalender zeigt den 23. Dezember, also exakt einen Tag vor Weihnachten. Unbemerkt bin ich in einen Zug geschlüpft, genauer gesagt in das Großraumabteil des Wagens Nummer 13, mische mich unter die Reisenden und stelle sie kurz vor:

Emira, 42 Jahre, die nicht nach Hause will, aber muss.
In ihrer Nähe sitzt **Erwin**, 37 Jahre alt. Im Gegensatz zu Emira hätte er gerne ein Zuhause, wo er Weihnachten feiern kann.
Greta mit ihren knapp 17 Jahren will alles, nur nicht die Welt retten.
Von **Graf Ignaz von Koks** ist lediglich bekannt, dass er etwas über 70 ist. Er gibt sich gerne mysteriös.
Mina wird demnächst ihren 24. Geburtstag feiern. Sie hat sich mit ihren Eltern verkracht und ist abgehauen.
Einen **Engel** gibt es auch, von ihm weiß man nur, dass er/sie/es sich darüber ärgert, unsichtbar zu sein.
Gwyneth, ein 58jähriges Kindermädchen, möchte über die Feiertage das Kind besuchen, das sie am Beginn ihres Arbeitslebens betreut hat.
Robert, 55 Jahre, ist auf der Flucht vor seiner Frau.
Willi hat früher die Minibars im Zug durch die Gänge geschoben. Er ist schon über achtzig.
Lydia, eine Studentin, ist auf dem Weg zum Job als Weihnachtsmann und trägt bereits ihr Kostüm nebst Bart.

Das Alter von **Enrique**, dem Gigolo, ist unbekannt, nur so viel wissen wir: Er wird per Haftbefehl gesucht und ist auf der Flucht.

Last but not least sitzen die zehnjährigen **Zwillinge** im Abteil. Sie haben die Marotte, nur gleichzeitig zu sprechen.

Nachdem die handelnden Personen vorgestellt sind, kann die Geschichte beginnen:

Ein Handy klingelt

Robert greift hastig danach, um es auf stumm zu stellen, erwischt stattdessen die Lautsprechertaste. Eine Frauenstimme brüllt Unverständliches. Er versucht zu Wort zu kommen.

Robert: „Nein..., hör mir zu." Er wird lauter: „Ich komme nicht zurück! Das kannst du dir abschminken!"

Drückt auf die Ausschalttaste und wirft das Handy auf die kleine Ablage vor sich.

Zwillinge: „Wer war denn die Alte?"

Robert murmelt Unverständliches.

Die Zwillinge feixen: „Lauter, wir verstehn dich nicht!"

Gwyneth: „Ein Benehmen habt ihr! Wo sind eigentlich eure Eltern?"

Zwillinge: „Hamm wer nich. Wir hamm nur Mutter und unsern Alten."

Gwyneth: „Und wo ist er, euer Erzeuger?"

Zwillinge: „Hockt bei seiner Neuen in Köln. Zusammen mit ihrer Kackbratze."

Gwyneth: „Und ihr jetzt, was habt ihr vor?"

Zwillinge stoßen sich gegenseitig in die Rippen: „Merkste was? Die will uns ausspionieren!"

Ihre Antwort wird von kreischenden Bremsen übertönt, ein scharfes Rucken geht durch den Zug. Das Licht erlischt. Für Sekunden herrscht Stille. Dann zerrt jemand an der Schiebetür, trabt zur Tür gegenüber, rüttelt erfolglos.

Erwin gibt ein gepresstes: „Scheiße, Scheiße, Scheiße!" von sich.

Mina: „Sag ich doch."

Lichtinseln senden ihr diffuses Licht durch das Abteil.

Eine Stimme ruft: „Kein Netz!" Andere folgen: „Ich auch nicht", „Nix, aber auch gar nix!"

Nur Graf Ignaz von Koks spricht in ganzen Sätzen: „Mein Smartphon hat keinen Empfang. Vermutlich sind wir und die Leute in den anderen Wagen die einzigen Lebewesen weit und breit. Und keiner weiß, wo wir steckengeblieben sind."

Erwin: „Wir sind eingeschneit in diesem verfickten Zug und draußen schneit's wie Hölle!"

Gwyneth: „Mäßigen Sie gefälligst ihre Ausdrucksweise, junger Mann! Wir haben Kinder hier im Abteil!"

Erwin: „Ich kann mir nicht vorstellen, dass diese Blasenköpfe noch was von mir lernen können. Wohl eher umgekehrt."

Anerkennendes Gelächter von den beiden.

Emira: „Ärger zu Hause?"

Robert voller Wut: „Meine Frau. Sie hat ihre Eltern bei uns einquartiert. Über die Feiertage, hat sie gesagt, um mich einzululen. Heute Morgen habe ich dann ein Gespräch belauscht, zwischen ihr und ihrem Vater. Die Alten wollen für immer bleiben!!"

Emira: „Vielleicht wird es ja gar nicht so schlimm. Vielleicht haben Sie sich ja verhört oder Ihre Schwiegereltern erweisen sich als netter als gedacht ..."

Robert: „Sie haben keine Ahnung! Ich kann diesen Drecksack von Schwiegervater nicht ausstehen. Keine zwei Nächte halte ich es mit dem unter einem Dach aus. Und vom Geschwafel seiner Frau krieg ich die Krätze!"

Emira: „Und jetzt?"

Robert: „Und jetzt bin ich weg!"

Emira: „Weg wohin? Ich meine, Sie müssen doch ein Ziel haben?"

Robert: „Keine Ahnung, ehrlich. Notfalls fahre ich die nächsten Tage durch Europa. Hin und her und rauf und runter." Man hört ein wippendes Geräusch. „Die Sitze hier sind gar nicht mal so unbequem, da kann ich es tagelang drauf aushalten."

Gwyneth: „Na, ich weiß nicht!?"

Die Zwillinge: „Und was machst de mim Essenfassen? Und Trinken?"

Emira: „Und Duschen und Zähneputzen? Ich meine, irgendwann fängt man doch an zu stinken."

Der Graf klingt belustigt: „Apropos stinken: Waren Sie schon mal hier im Zug auf der Toilette?? Sollten sie unbedingt mal probieren. Einmal und nie wieder, sag ich Ihnen!"

Ein Engel: „Entschuldigen Sie, wenn ich mich einmi..." Seine Stimme ist auf eine gespenstische Art leise und wird vom schrägen Gesang der Zwillinge übertönt: „Dann gehn mer mal aufs Scheißhaus, Scheißhaus, Scheißhaus..."

Graf Ignaz von Koks: „Herrgott noch mal, jetzt hört aber auf mit eurem blöden Gegröle. Hat einer von euch schon mal aus dem Fenster geguckt? Nein, nicht da drüben, hier wo ich sitze, links von der Fahrtrichtung!"

Die Zwillinge: „Was für ne Fahrtrichtung denn, du Dulli?"

Vorsichtige Schritte sind zu hören.

Mina: „Mein Schienbein, Himmel, Arsch und Wolkenbruch, tut das weh!"

Dann ist Ruhe im Abteil. Köpfe pressen sich gegen die kalten Scheiben, Augen starren in das weiße Gewirbel draußen. Man sieht unförmige Gestalten, die bepackt mit Kindern, Taschen, Koffern und Rollatoren durch den kniehohen Schnee stapfen. Schon nach wenigen Metern sind die ersten im Weiß verschwunden.

Enrique: „Die hauen ab! Die hauen einfach ab und lassen uns hier sitzen!!"

Er prügelt mit den Fäusten auf die Fensterscheibe ein, andere machen es ihm nach. Das Abteil vibriert von den Schlägen, die Eingeschlossenen rufen und schreien, die einzige Reaktion von draußen ist flüchtiges Winken, einer zieht sogar den Hut, dann ist auch er verschwunden.

Schweigen im Großraumabteil, selbst die Zwillinge halten die Klappe.

Der Engel unternimmt einen zweiten Versuch, sich Gehör zu verschaffen: „Wenn ich mal was sagen dürfte...?"

Er spricht so laut er kann, aber keiner reagiert. Er unternimmt einen allerletzten Versuch, brüllt jetzt: „So hört mir doch verdammt nochmal zu!"

Keiner reagiert auf ihn. „Heilige Sch..."

Für den Moment ist sein Frust größer als die Furcht vor dem Allmächtigen.

„Ich habe sowas von genug vom Heiligsein, das glaubt ja keiner. Einmal, ein einziges Mal muss ich noch dafür sorgen, dass ihr dämlichen Wichte an ein Wunder glaubt, dann bin ich frei. Frei! Dann kann ich mich vom Acker machen, hört ihr? Hört ihr mich, verdammte Bande?"

Natürlich hören sie ihn nicht. Dazu macht Enrique viel zu viel Lärm. Noch immer ohne Licht klopft er mit beiden Händen die Abteilwände ab und ruft: „Wo bist du, du Aas? Wo hast du dich versteckt?" Seine Stimme schwankt zwischen schrill und panisch. „Ah ja", brüllt er jetzt, ein heftiger Schlag und das Geräusch zerbrechenden Kunststoffs ist zu hören, unterlegt von seinem beißenden Gelächter. „Hab ich dich, du Miststück, ich..."

Weiter kommt er nicht, die Beleuchtung springt wieder an und die Fahrgäste, die bei seinem Gebrüll teilweise versucht hatten, sich unter den Sitzen in Sicherheit zu bringen, tauchen nun beschämt wieder auf. Enrique hat den rechten Arm zum Schlag erhoben, bereit, mit dem Notfallhammer die Fensterscheibe zu zertrümmern.

Lydia: „Hörst du wohl auf, du elender Schwachkopf!"

Ihr Gesicht ist puterrot, sie reißt sich den weißen Bart vom Kinn und schleudert ihn in Enriques Richtung:

„Hey, willst du, dass wir hier drin elendig erfrieren? Ich werde nicht in die Schwärze da draußen abhauen. Ich nicht! Und weißt du auch warum? Ich habe nämlich bloß dünne Turnschuhe an den Füßen und nichts weiter zum Anziehen als mein dämliches Weihnachtsmannkostüm. Und draußen sind es zehn Grad, minus, wohlgemerkt, und du willst die Scheibe einschlagen? Du hast sie doch nicht mehr alle!" Zustimmendes Gemurmel.

Erwin applaudiert: „Recht hat sie!"

Emira: „Und ich käme keine zehn Meter weit mit meinen hohen Absätzen! Ich bleib hier und warte, bis uns jemand rettet. Und wenn ich bis morgen früh warten muss!"

Einige der Reisenden mustern kritisch das eigene Schuhwerk, die anderen stöbern vorsorglich nach Mütze und Schal.

Mina: „Also ich für meine Person bin gut zu Fuß. Aber der Schnee da draußen ist inzwischen so hoch, dass er uns alle mit Haut und Haaren verschlucken würde."

Bevor noch weitere Kommentare abgegeben werden, erlischt das Licht erneut. Fluchen ist zu hören.

Die Zwillinge krähen: „Ihr Erwachsenen seid doch immer so schlau! Und warum ist dann keiner von euch Spacken auf die Idee gekommen, die Taschenlampe von seinem Handy zu benutzen, hä?"

Statt zu antworten, wird an den Handys gefummelt, das Licht der Taschenlampen leuchtet auf und erhellt Enrique, der die Fensterscheibe noch immer aggressiv anstarrt.

Erwin ballt die Faust: „Wag dich, du Fuzzi, dann zeig ich dir, was man mit so einem Hämmerchen noch alles machen kann."

Wütend lässt Enrique das Werkzeug auf die Ablage fallen, setzt sich demonstrativ mit dem Rücken zu den anderen, verschränkt mit verbissenem Gesicht die Arme vor der Brust.

Die Zwillinge: „Macht die Dinger wieder aus, verdammt. Wir haben doch keine Ahnung, wie lange die da draußen brauchen, bis uns jemand findet. Wollt ihr ernsthaft, dass alle Akkus gleichzeitig den Geist aufgeben?"

„Himmel hilf", sagt der eine Zwilling noch und „Die Erwachsenen sind ja so was von blöd", bekräftigt der andere und erstaunlicherweise kommt keinerlei Widerspruch.

Draußen hat es aufgehört zu schneien, immer mehr Sterne sind zu sehen.

Die Zwillinge aufgeregt: „Guckt euch das mal an! Das gibt's doch gar nicht!"

Alle begeben sich auf die Seite, auf der die Kinder sitzen, spähen mit zusammengekniffenen Augen hinaus in die nächtliche Landschaft, die unter einem Meer von Watte verschwunden ist, nur vereinzelt schaut noch die Krone eines Baumes aus dem makellosen Weiß.

Robert: „Das sieht doch aus, als würde da draußen einer mit den Armen hin und her rudern. Und die Beine auseinanderziehen und wieder schließen. Und noch mal und noch mal. Die Mulden werden immer tiefer."

Erwin: „Dabei ist da gar keiner!"

Amira: „Das sieht doch aus wie die Flügel und das Gewand eines Engels. Ist das nicht wunderbar?"

Greta: „Alles Hokuspokus. Ein Schnee-Engel ohne menschliches Zutun ist nichts anderes als eine Schneeverwehung. Und, sieht einer von euch einen Menschen da draußen? Nein. Na also."

Ein Zwilling: „Ich kann mir nicht helfen, aber ich sehe immer noch den Engel im Schnee. Kneif mich, Brudi, vielleicht hilft das gegen Hallulinazionen", sagt der eine zum anderen. Mit einem Mal wird die Stimmung leicht und gelöst, die Gedanken perlen wie Sektblasen durchs Abteil.

Graf Ignaz von Koks: „Also, wenn ich ehrlich bin, kommt mir die körperlose Gestalt des Schneeengels da draußen wie ein Wunder vor." Er lächelt verlegen.

Willy klopft ihm auf die Schulter und beugt sich vor: „Also außergewöhnlich ist es ja schon, so ein Engel im Schnee ganz ohne menschliches Zutun. Aber von einem Wunder rede ich erst, wenn es wem wie auch immer gelingt, mir eine Minibar zu besorgen. Durch die verriegelte Tür!"

Graf Ignaz von Koks: „Eine Minibar? Nie gehört. Nie gesehen!"

Willy: „Früher nie mit dem D-Zug gefahren? Meine Güte, in welcher Welt haben Sie denn gelebt? Das ist ein Rollwagen, mit Getränken und kleinen Snacks drauf und warmem Kaffee und Süßigkeiten für die Kinder. Wenn sowas hier auftauchen würde, wäre ich der Erste, der sagt: Ein Wunder ist geschehen!"

Die beiden Männer starren weiter durchs Fenster auf die Mulden im Schnee, die jetzt etwas an Kontur verlieren, so als würde ein Mensch sich aufrappeln, der raus will aus seinem Schneebett.

Graf von Koks murmelt: „Wenn es nicht so albern wäre, würde ich sagen: Ich sehe leichte Fußstapfen". Aber noch ehe er die letzte Silbe ausgesprochen hat, fegt ein heftiger Windstoß über die Ebene und zurück bleibt keuscher Schnee.

Die hintere der beiden Wagentüren wird von Geisterhand zur Seite geschoben und ein Gefährt rollt in den Gang und bringt den wunderbaren Geruch nach frischem Kaffee und heißen Würstchen mit sich.

Willy springt leichtfüßig auf und hantiert an dem Wagen, als lägen nicht mehr als zwanzig Jahre zwischen diesem Abend und seinem letzten Arbeitstag bei der Bahn. „Ein Wunder", murmelt er, und noch einmal: „ein Wunder." Und dann wendet er sich seinen Gästen zu: „Was hätten Sie denn gerne? Kaffee? Würstchen? Ich habe auch Kuchen, Moment, ich muss nachschauen, ah ja, Butterkuchen mit gerösteten Mandeln." Er lässt einen Sektkorken knallen und noch einen, verteilt Salzstangen und Fischlis, die Zwillingsbrüder beglückt er mit Gummibärchen und ist dabei so beschäftigt, dass er um ein Haar verpasst, wie draußen vor den Abteilfenstern eine Sternschnuppe langsam in den Himmel steigt. Mit einem langen Schweif, der hunderte von Sternchen im Gepäck hat. Und einen unauffälligen Passagier, der aussieht, wie eine fedrige Wolke, man muss schon sehr genau hinschauen, um ihn zu erkennen.

Die Fahrgäste schreien: Ah und Oh! und rennen zur Tür und springen aus dem Wagen, versinken fast bis zu den Achseln im weichen Schnee.

Greta, die Vorletzte, kommandiert: „Tür zu!" und Enrique stapft noch einmal zurück und schließt die Wärme ein.

Dann sieht auch er der Sternschnuppe bei ihrer Himmelsreise zu.

Dichtgedrängt stehen sie da, umarmen sich, lachen aufgekratzt. Nur die Zwillinge stehen abseits, bewegen sich nicht. Starren mit aufgerissenen Augen Richtung Zug. Und dann können es alle hören. Dieses merkwürdige Sirren, das sich verändert zu einem hellen Summen, Metall reibt sich an Metall. Das Summen geht über in ein aufgeregtes Zischen, Wagen um Wagen rollt vorbei, der Zug wird immer schneller. Erst als die beiden rotglühenden Schlusslichter an ihnen vorbeirauschen, finden die Kinder ihre Sprache wieder.

„HILFE, schreien sie, und noch einmal „HILFE!!" und die Erwachsenen fallen ein in ihr mörderisches Gebrüll.

Der Engel ist stolz auf sich und seine Sternschnuppe mitten im Dezember und dass die Menschen da unten sein Wunder feiern und vor Freude schreien. Aber irgendetwas stimmt mit dem Jubel nicht, der Tonfall gefällt ihm nicht. Er klingt nach – nach Entsetzen. Wie kann das sein? Wie in drei Teufels Namen kann das sein?

Er lässt seinen Blick schweifen und findet alsbald die Erklärung dafür. Der Zug, mit dem die Sterblichen gekommen sind, verschwindet gerade am Horizont! Der Gehörnte will ihm seine Himmelsfahrt verderben, der Bocksbeinige, der Elende.

Die Sternschnuppe ruckelt und zittert vor Ungeduld, die Menschen schreien sich die Seele aus dem Leib und der Engel muss dringend nachdenken. Bleiben und helfen oder abhauen und in die wohlverdiente Rente fliegen?

Seine Flügel wissen es schon vor seinem Geist, sie falten sich auf und spannen sich weit und gleiten hinunter zu den verlorenen Seelen, hüllen sie ein in ihr Gefieder und tragen sie heim in ihr Bett.

Als er endlich alle in Sicherheit gebracht hat, greift der Engel sich vorsichtig an den Kopf und stellt zufrieden fest, dass sein Heiligenschein größer und heller geworden ist. Und die Sternschnuppe hat auch auf ihn gewartet. Pünktlich zum Heiligen Abend wird er zu Hause sein.

Der Allmächtige wird Augen machen!

Viele Grüße

Elisabeth Strümpfel gibt sich einen Ruck und steigt in den dritten Stock hinauf. Bei den letzten beiden Stufen muss sie sich am Geländer festhalten, das Herz. Sie schnauft kurzatmig und drückt dann entschlossen auf den Klingelknopf. Bei Sobotka öffnet keiner. Sie klingelt ein weiteres Mal, nachdrücklicher. Sie starrt auf das Schriftstück in ihrer Hand, wedelt ein bisschen damit hin und her, als könne sie so die Buchstaben zum Verschwinden bringen. Ihr Sohn braucht eine Kopie des Schreibens, dringend. Ihr Sohn ist Anwalt und wenn er dringend sagt, spurt sie. Sie solle ihm faxen, hat er gesagt und aufgelegt.

Missmutig steigt Frau Strümpfel die Treppe wieder hinunter in den ersten Stock und macht dabei ihrer Enttäuschung Luft: „Dass dieser Mensch aber auch nie da ist, wenn man ihn braucht!" Sobotka ist der Einzige im Haus, der faxen kann und Internet hat er auch. Frau Strümpfel hegt eine tiefe Abneigung gegen moderne Technik. Sie könnte das ja alles lernen, ihr Sohn bietet es ihr immer wieder an. Aber sie will nicht! Also schickt sie ihre Faxe bei Herrn Sobotka ab. Wenn er denn da ist.

Zurück in ihrer Wohnung stellt sie sich ans Wohnzimmerfenster, starrt hinunter auf die Straße, ringt um eine Lösung und nickt sich selber aufmunternd zu, als sie eine gefunden hat. Sie zieht ihren dünnen Mantel über, steckt das Portemonnaie in ihre abgewetzte Handtasche und legt das gefaltete amtliche Schreiben dazu. Dreht den Schlüssel zweimal im Schloss und macht sich auf den Weg. Zwei Straßenecken weiter ist ein Internetcafé, dessen Leuchtreklame in schrillen

Blautönen aufblinkt, Tag und Nacht. Bisher hat sie immer einen großen Bogen um den Laden gemacht, weil sie den Typen misstraut, die da für gewöhnlich rumlungern. Aber jetzt hat sie keine andere Wahl.

Der Laden ist kleiner als gedacht. Auf drei schmalen Tischen stehen Dinger, die wie der neue Fernseher ihres Sohnes aussehen, nur viel kleiner. Und davor liegt jeweils eine kleine Tastatur, die entfernt an ihre alte Schreibmaschine erinnert, nur eben ohne Schreibmaschine. Keine Spur von einem Faxgerät.

Hinter der Theke lümmelt ein junger Mann. Schwarze Haare und schwarze Augen und fremd sieht er aus. Frau Strümpfel hat nichts anderes erwartet, aber er macht sie trotzdem nervös, mit seinem schwarzen Ziegenbärtchen. Bestimmt spricht er kein Wort Deutsch. Bevor sie den Rückzug antreten kann, spricht er sie an mit hartem Akzent und freundlichem Lächeln: „Kann ich helfen?"

Ganz gegen ihre Gewohnheit lächelt sie zurück, zieht das Schreiben aus ihrer Tasche und reicht es ihm. Zusammen mit einer Visitenkarte ihres Sohnes. Rüdiger Strümpfel steht da und seine Fax-Nummer. Sie tippt mit dem rechten Zeigefinger auf die Nummer und dann auf das Schreiben und spricht sehr deutlich: ‚faxen'.

Der junge Mann mustert sie einen Moment und verschwindet in einem Hinterzimmer und macht sich an einem plumpen Gerät zu schaffen, wie es auch bei Herrn Sobotka steht. Er tippt etwas ein und ruft sie zu sich: „Gut so?" Sie eilt hinüber zu ihm und setzt ihre Lesebrille auf. Der Name ihres Sohnes und die Nummer stimmen. Aber da steht auch „Yilmaz Kocrü". Sie schaut in die dunklen Augen und fragt: „Sind Sie das?" Er nickt und lächelt.

Rüdiger wird sich wundern, wenn er ein Fax von einem Yilmaz Kocrü bekommt, sie ist sich sicher, dass ihr Sohn niemanden dieses Namens kennt. Frau Strümpfel pocht mit den Fingerspitzen auf die Tischplatte.

„Schreiben Sie: ,Viele Grüße Mutter' dazu."

Herr Kocrü tippt auf die Tastatur und sagt: „Kucken. Richtig?"

Sie guckt und schüttelt den Kopf. Da steht: „Viel Grusse Motte."

„Nein, nein, junger Mann", sie spürt leichte Verzweiflung, „nicht Motte! Mutter! So wie Mama oder Mutti."

Herr Kocrü tippt wieder los und schaut sie erwartungsvoll an. „Jetzt gut?", will er wissen.

„Viel Grusse Modder" steht da. Sie nickt zögerlich und bittet ihn, ihren Nachnamen dazuzuschreiben und deutet vorsichtshalber auf Rüdigers Visitenkarte.

Aus Erfahrung weiß sie, dass das Fax längst seinen Adressaten erreicht hat und lässt sich alle Zeit für den Nachhauseweg. Als sie die Haustür aufschließt, ist im ersten Stock bereits das penetrante Klingeln ihres Telefons zu hören. Es verstummt, als sie den Treppenabsatz erreicht und meldet sich wieder, als sie die Wohnungstür aufsperrt. Noch im Mantel setzt sie ihre Brille auf, wirft einen Blick aufs Display, atmet tief durch und meldet sich forsch mit „Hier ist Modder Strümpfel", in der Hoffnung, Rüdigers Gelächter die Schärfe zu nehmen.

Immer wieder sonntags

Es ist angenehm warm, kein Wölkchen am Himmel. Sie könnte sich ein nettes Plätzchen in der Sonne suchen, einkuscheln und den Sonntag genießen. Aber bevor sie schwach werden kann, meldet sich ihr mütterliches Gewissen. Die Kinder brauchen Bewegung! Sie schnaubt vernehmlich. Eigentlich hasst sie Familienausflüge am Sonntag, hat sie schon als Kind gehasst!

Sie atmet tief ein und wieder aus und ruft mit betont fröhlicher Stimme ihre Lieben zusammen. Die Jüngste jagt gerade ihren Zwillingsbruder durchs dornige Gestrüpp und quakt schadenfroh, als der kopfüber in ein Schlammloch fällt. Zum Glück kann so etwas ihrem Mittleren nicht passieren, der ist so unglaublich träge, dass er nicht einmal auf die Idee käme, sich rechtzeitig zu verdrücken. Jetzt watschelt auch die älteste Tochter herbei. Seufzend muss selbst sie als liebende Mutter zugeben, dass das Kind für sein Gewicht entschieden zu klein ist.

Beim Anblick ihres Ältesten allerdings geht ihr das Herz auf. Er ist so ein hübscher Bengel, schlagfertig und charmant und... Energisch ruft sie sich zur Ordnung! Egal wie viele Generationen von Kindern sie schon großgezogen hat, immer hat sie sich an die Devise gehalten, keines ihrer Jungen zu bevorzugen. Auch wenn es ihr an Tagen wie diesem schwerfällt.

Sie gibt den Marschbefehl vor und in einer langgezogenen Reihe stellt sich die Familie auf, selbst ihr Göttergatte muss heute mit, egal, wie griesgrämig er guckt. Schnatternd setzt sich der Zug in Bewegung. Sie lässt sich unauffällig zurückfallen, schwatzt mit den anderen Müttern, die die gleiche Idee hatten und beäugt dabei wachsam deren junge Töchter, die aufreizend mit ihrem Hintern wackeln und ehrbare Familienväter in Versuchung führen. Apropos, da stolziert doch dieser Gimpel von Ehemann vor den Grazien auf und ab und zieht dabei angestrengt den Bauch ein. Sie lässt ein scharfes Zischen hören, einmal, dann ein zweites Mal, sehr viel lauter. Alarmiert schaut er in ihre Richtung, verliert etwas an Haltung und raunzt jetzt den Ältesten an, der mit glasigen Augen den Mädels hinterher starrt.

Am Weiher dann sind die Kinder in ihrem Element: sie raufen miteinander und treten sich so fest wie möglich vor die Schienbeine. Wetteifern darum, wer am längsten mit dem Kopf unter Wasser bleiben kann, ohne zu ertrinken. Ihr Krakeelen hüllt sie ein wie eine lärmende Wolke. Die anderen Badegäste schauen missbilligend zu ihr herüber, als hätte sie Schuld an dem Geschrei, aber sie tut so, als ginge sie diese Bande nichts an.

Ihr Blick fällt wie zufällig auf einen Erpel, den sie hier noch nie gesehen hat. Er sticht heraus aus der Gruppe der anderen Männchen, er wirkt fremd und wenn sie ehrlich ist, sieht er phänomenal gut aus: sein Gefieder leuchtet in strahlendem Weiß mit einem zarten Hauch von Lachsrosa, der schwarze Kopf und der Hals glänzen im Sonnenlicht metallisch grün. Beim Näherwatscheln gibt er ein gedämpftes Drü-Dro von sich, es klingt fremd und doch vertraut.

Und als er sie anspricht mit seinem hinreißenden französischen Akzent, werden Erinnerungen an ihre Jugend in Paris wach. Schon damals war es ihr schwergefallen, diesem charmanten Singsang zu widerstehen. Er kenne sich nicht aus hier, radebrecht er, und ob sie ihm nicht Gesellschaft leisten wolle und ... Sie spürt wie sie rot wird unter ihren zarten Kopffedern und sucht verzweifelt nach einer Antwort, die sie nicht allzu alt aussehen lässt.

Aber bevor sie auch nur auf dumme Ideen kommen kann, ruft ihr Mann nach ihr, herrisch und aufgebracht. Der Fremde zieht mit einem bedauernden Blick und einem gehauchten Drü-Dro ab. Sie schaut ihm hinterher und kichert dabei wie ein junges Ding und ein klein wenig wackelt sie auch mit dem Po.

Den Rest des Nachmittags verbringt sie im Wasser, putzt sich das Gefieder, bis es in der Sonne leuchtet und hat ein Auge auf die Kinder und den Mann. Ab und zu lächelt sie, schließt die Augen und versucht sich an dem Refrain des alten französischen Ohrwurms: Voulez-vous coucher avec moi???

Die Überfahrt

Es war einmal ein abgelegenes Dorf am Rande des Reiches, dessen Jugend in die Großstadt gezogen war, um das Glück zu suchen. Die Alten warteten lange darauf, dass der eine oder andere zurückkommen würde, aber ihre Hoffnung erfüllte sich nicht. Schließlich mussten sie sich eingestehen, dass nur mehr der Tod bei ihnen anklopfen würde und begannen auf ihn zu warten. Wochen und Monate und Jahre vergingen, allein, Freund Hein ließ sich Zeit.

Aus lauter Langeweile verfassten die Dorfbewohner ihre Testamente und setzten sich gegenseitig als Erben ein. Sie schlossen Wetten ab, wer der oder die Glückliche sein würde, dem all der Reichtum in den Schoß fallen würde. Die Fender Rosemarie hatte die größten Chancen, weil sie die Jüngste und Robusteste von ihnen war, aber dann blieb ihr eine Gräte im Halse stecken und sie starb. Sie starb! Den Tod gab es also doch noch!

Erleichtert rannten die Gläubigen zum Pfarrer und legten ihre hoffentlich letzte Beichte ab, ließen sich aus der Großstadt maßgefertigte Särge liefern und lehnten diese demonstrativ neben der Haustür an die Wand. Der Sensenmann sollte wissen, dass sie bereit waren für ihre letzte Stunde. Aber der scherte sich nicht um ihre Wünsche, er ließ sie warten und warten und warten.

Was für ein Segen, dass eines Tages Bagger und Kräne und Lastwagen nahten, beladen mit Zement und Stahl und sich auch ein paar Bauarbeiter einfanden. Sobald die Greise ihrer habhaft wurden, unterzogen sie die Fremden einer strengen Befragung: Zu welchem Behufe sie in diese Einöde gekommen seien? Wofür um alles in der Welt sie die vielen Geräte benötigten und vor allem: von wem der Auftrag kam, die Stille des Dorfes zu vertreiben?

Die Bauarbeiter klärten als erstes das mit dem Behufe: Ihr Auftrag sei es, auf dem nahen Hügel ein Wohnheim für Vergessene und Zurückgelassene zu errichten, eines mit jedem erdenklichen Komfort. Und dazu brauchten sie logischerweise Bagger und Kräne und Zement und den anderen Kram. Bei der Frage nach dem Auftraggeber allerdings zuckten sie nur mit der Schulter.

Die Dorfgemeinschaft ließ die Auskunft auf sich wirken, bis endlich der Moser Hannes die entscheidende Frage stellte: Für wen? Ich meine, wer soll darin wohnen?

Wie, für wen? fragte der Bauleiter. Na für euch natürlich! Seine Antwort kam wie aus der Pistole geschossen.
Die Dorfbewohner lachten erheitert. Wir haben von allem genug und hätten dieses Erdenleben schon längst hinter uns gebracht, wenn nur der Tod nicht so schrecklich trödeln würde. Wozu also brauchen wir ein Altenheim, noch dazu eins, dass oben auf dem Hügel liegt? Alte Leute haben's nicht mehr so mit dem bergauf Laufen.

Wetten, dass ihr eins brauchen werdet? entgegnete der Baumensch. Da wo jetzt noch euer Dorf steht, werden wir einen Stausee bauen und nicht einmal die Kirchturmspitze wird dann noch aus dem Wasser schauen. Brüsk ließ er sie stehen, kletterte auf den Bagger und ließ ihn eine schwarze Abgaswolke ausspucken.

Die Alten beschlossen, diese verrückte Geschichte einfach auszusitzen. Sie polsterten die Fensterbänke ihrer Häuser mit dicken Kissen und lungerten nun von morgens bis abends in den Fenstern. Kontrollierten die Baufortschritte und kommentierten die Arbeitsmoral, gaben gute Ratschläge und trieben die Bauarbeiter in den Wahnsinn und hatten dabei sehr viel mehr Spaß als mit dem Warten auf den Tod.

Mit dem Spaß allerdings war es vorbei, als der Pfarrer mitsamt seiner Kirchturmglocke aus dem Dorf verschwand und die Höfe unter massivem Polizeieinsatz geräumt und sie selbst fürs erste in einer umgebauten Scheune einquartiert wurden. Zum Glück fand sich für ihre Särge ein Platz im alten Ziegenstall. Der nahegelegene Fluss wurde umgeleitet und seine Wasser in die Senke gelenkt, in der das Dorf stand. Ein Hof nach dem anderen verschwand in den Fluten und der See dehnte sich bald aus bis zum Horizont.

So richtig deprimierend aber wurde es, als der Bautrupp weiterzog, obwohl noch nicht einmal das Richtfest für das Altenheim gefeiert worden war. Womit sollten sie sich jetzt die Zeit vertreiben, bis sie endlich abtreten durften? Hatte der Schnitter vielleicht die Orientierung verloren? Die Dörfler stellten Wegweiser auf für den Fall, dass er sie nicht fand wegen des riesigen Sees, der die Landschaft verschandelte. Sie stimmten Klagelieder an, damit sie Gehör fanden bei dem klapprigen Gesellen. Aber offensichtlich war er blind und taub zugleich.

Schließlich wurde es dem Moser Hannes zu bunt. Er hatte keine Lust auf nix mehr, er würde sich vom Acker machen und in See stechen. Weit weg von hier würde er allemal etwas Besseres finden als eine umgebaute Scheune und diese vermaledeite Warterei. Sprach's und schleifte seinen soliden Eichenholzsarg aus dem Ziegenstall, schleppte ihn hinunter zum See und ließ ihn ins Wasser gleiten.

Er nahm vorsichtig auf der weißen Seidenpolsterung Platz und schipperte los, den handgeschnitzten Sargdeckel geschickt als Paddel nutzend. Begleitet von frenetischem Klatschen und Hochrufen seiner ehemaligen Dorfgemeinschaft kam Hannes zügig voran. Er spürte ihre Blicke in seinem Rücken, bis er an den Rand der Weltenscheibe gepaddelt war und von einem Moment auf den anderen wegkippte und von der Wasseroberfläche verschwand. Der Hannes kam nicht wieder zurück und seine Leiche wurde auch nicht angespült und alsbald hatten die Zurückgebliebenen genug von dem ewigen aufs Wasser starren.

In den kommenden Wochen konnte man in hellen Nächten beobachten, wie Särge über den See glitten und am Ende einfach vom Horizont verschwanden.
Jeder einzelne, der erfolgreich auf der Gegenseite wieder auftauchte, wurde lautstark von den Freunden begrüßt. Allen voran vom Moser Hannes. Der längst nicht mehr so gebrechlich wirkte wie früher und auch die anderen Männer und Frauen sahen erholt aus, jünger irgendwie. Mit jedem Jahr in der neuen Heimat kräftigten sich ihre Glieder, sprossen die Haare üppiger und das Netz aus Falten zog sich mehr und mehr in die Haut zurück.

Voller Begeisterung feierten sie ihren 60. Geburtstag, den 40., aber als der 20. Geburtstag nahte, hatten sie genug von der drohenden Jugend und wünschten sich Reife und Erwachsensein zurück und hatten nicht das Geringste dagegen, älter zu werden, ganz im Gegenteil.
Gemeinsam zerrten sie die alten Särge wieder hervor, bewaffneten sich mit den achteckigen Paddeln und wagten die Fahrt zurück in die alte Heimat. Auf dem Hügel angekom-

men bauten sie sich ein neues Dorf, ringförmig diesmal wie eine Wagenburg, zu dem es weder Zufahrtstraßen noch Wegweiser gab.

Sie feierten das Leben und die Zahl ihrer Jahre und wenn sie zu gebrechlich wurden, paddelten sie auf die jugendliche Seite der Weltenscheibe und begannen den Lauf des Lebens von vorne.

Und wenn sie nicht gestorben sind, kann man in mondhellen Nächten noch immer merkwürdige Boote über das Wasser gleiten sehen, deren Besatzung sich tief duckt, wenn ihr der Tod begegnet.

Vergebliche Liebesmüh

Eisiger Wind fegt über den Wochenmarkt. Die Verkäufer suchen Schutz hinter steifen Planen oder ganz nahe bei den winzigen Heizöfchen, deren Hitze ihnen fast die Härchen auf den Fingern versengt. Kundschaft ist nur spärlich anzutreffen, so kurz vor Weihnachten. Eine nicht mehr ganz junge Frau stopft das gedrungene Päckchen vom Käsestand in ihre Einkaufstasche und macht sich widerstrebend auf den Heimweg, aber für das übliche Schlendern ist es einfach zu kalt.

Am Blumenstand ist auch nicht viel los, der Verkäufer reibt sich die behandschuhten Hände und stampft immer wieder mit den Füssen auf, es gibt nichts, hinter dem er sich verstecken könnte. Mit einer Handbewegung lädt er die Frau zum Näherkommen ein. Bestimmt einer, der seine magere Rente aufstocken muss, denkt sie, und begutachtet die langstieligen Amaryllis, die in Reih und Glied in schmalen Pappkartons der Kälte trotzen.

Sie macht sich nicht viel aus Weihnachten, wohl aber aus diesen hinreißenden Blumen, die mit ihren prachtvollen roten Blüten ein Versprechen auf wärmere Zeiten zu geben scheinen. Vorsichtig klaubt sie die drei schönsten Exemplare aus dem Karton und streckt sie dem Mann auffordernd entgegen. Der schaut ihr für den Bruchteil einer Sekunde aufmerksam ins Gesicht, zupft vorsichtig zwei weitere Amaryllis aus dem Karton und fragt wie nebenbei: „Was würden Sie sagen, wenn ich Ihnen die beiden Schönen hier schenke?" Die Antwort schlüpft ihr so schnell aus dem Mund, dass sie keine Zeit hat, nach etwas Geistvollerem zu suchen. „Ich würde mich sehr freuen", sagt sie und meint es genau so. Schon lange hat ihr keiner mehr Blumen geschenkt.

Der Verkäufer schlägt den dicken Bund behutsam in Zeitungspapier ein und überreicht ihn ihr mit einer kleinen Verbeugung, klaubt die sechs Euro aus ihren klammen Händen. Einen Moment bleibt sie zögernd stehen, hofft auf eine Eingebung, worüber sie sich noch mit ihm unterhalten könnte, doch er kommt ihr zuvor. „Wissen Sie, dass das Rot der Amaryllis perfekt zu ihrem Lippenstift passt?", fragt er, hebt dabei den Kopf und strahlt sie an.

Die Erwiderung bleibt ihr in der Kehle stecken, ihr Blick krallt sich an seinem linken Nasenloch fest, in dem sich ein fetter grüner Popel eingenistet hat. Augenblicklich muss sie gegen einen Würgereiz ankämpfen.

Sie presst ein knappes „Wiedersehen" hervor und klemmt sich die Blumen so hektisch unter den Arm, dass sie noch in der Bewegung das Brechen der dicken Stängel hört.

Alte Mauern

Walter Tiedjen reibt sich die müden Augen, hinter denen der Kater von gestern Abend lauert. Seit sieben Uhr heute früh ist er jeder verdammten Zufahrt gefolgt, jedem Abzweig und allen Schotterwegen, die von der Küstenstraße Richtung Barnsten abzweigen. Leute wie die Mommsens sind die Pest, denkt er gallig. Zwölf Objekte in einem Umkreis von 80 Kilometern hat er ihnen bis jetzt gezeigt und an allen haben sie rumgemeckert. Entweder lag die Immobilie zu nah an der Straße oder zu weit weg vom Strand, der Garten war zu klein oder zu groß und die Krönung: alle Häuser waren ihnen ‚zu mittelmäßig'. Frau Mommsen hatte sich ‚Spuren gelebten Lebens in alten Mauern' gewünscht und dabei eine spitze Schnute gezogen wie ein Frettchen, während ihr fettleibiger Gatte ihn mit einem: ‚Sie müssen sich schon ein bisschen mehr anstrengen für mein Geld' abfertigte. Und dabei hatte er mit seinem iPhone bereits den nächsten Besichtigungstermin mit Tiedjens schärfstem Konkurrenten vereinbart. Am liebsten hätte er die aufgeblasene Bande zum Teufel gejagt, aber blöderweise konnte er sich genau das nicht leisten. Die Geschäfte liefen nicht gut.

Tiedjen steuert seinen Geländewagen mit nur einer Hand, die andere braucht er, um mit den Fingerspitzen eine ungelenke Massage gegen die Schläfen zu klopfen. Das letzte Bier gestern Abend im „Seestern" war eindeutig schlecht gewesen, bei diesem Gedanken schiebt sich ein Grinsen in sein abgespanntes Gesicht, aber seine Ausdauer hatte sich gelohnt. Mitternacht war schon lange vorbei gewesen und er der letzte Gast. Jobst, der Wirt vom Seestern, und er hatten in der schwach beleuchteten Schankstube gehockt und auf die beiden beachtlichen Reihen von Bier- und Schnapsgläsern gestiert, die eine Gasse zwischen ihnen bildete. Jobst jedenfalls hatte das Produkt ihrer trockenen Kehlen zur L 124 erklärt, der Landstraße von Altenvorda nach Barnsten.

„Hier", Jobst hatte bereits auffällig genuschelt, „hier irgendwo Richtung Barnsten musses ein Haus gebn, das seit einem halben Jahrhundert leer steht." Sein Zeigefinger hatte einen zittrigen Kreis gemalt. „Das is was ganss Besonners, das musse suchen, da finste jede Menge Spurn vonnes Leben!" Er hatte albern gekichert und sich dabei fast an seiner eigenen Spucke verschluckt. „Und die Atmoschfär erst, die Atmoschfäre is ganss besonners." Jobst hatte bei jedem Wort bedeutungsvoll mit dem Kopf gewackelt und danach kein verständliches Wort mehr von sich gegeben.

Auf die Fragen, „Wo genau liegt denn nu das Haus?" und „Wem gehört der Kasten?", hatte der Wirt nur schwerfällig die Schultern gezuckt und sich seinem nächsten Korn gewidmet, den er schwungvoll im halbvollen Bierglas versenkte. Tiedjen hatte ihn geschüttelt wie einen jungen Hund, umsonst, aus Jobst war kein Wort mehr herauszukriegen. Schlimm, wenn Menschen sich das Hirn wegsoffen.

So wenige Informationen. Eigentlich gar keine Informationen, nur ein Gerücht, wenn er ehrlich ist. Ein Schwall Magensäure schießt Tiedjens Speiseröhre hoch. Als ob er nichts Besseres zu tun hätte als hinter einem Phantom-Objekt die Küste rauf und runter zu fahren, verdammte Scheiße. Dumm ist nur, dass er tatsächlich nichts Besseres zu tun hat: Mehr als die zwölf Häuser hat er nicht im Angebot. Er betet, dass es sich bei dem obskuren Objekt seiner Begierde nicht bloß um eine dämliche Scheune handelt. Die Magensäure steigt höher, noch zwei Zentimeter, dann wird sie seinen Rachen erreichen und dann gnade ihm Gott.

Tiedjen schluckt krampfhaft. Eine Menge baufällige Scheunen und verlotterte Höfe hat er gefunden, aber nicht dieses gottverdammte Haus. Und doch: Er ist ein alter Hase und sein Instinkt sagt ihm, dass es hier irgendwo ganz in der Nähe steckt und nur darauf wartet, von ihm entdeckt zu werden.

Tiedjen spürt, wie die Räder seines Wagens im feinen Sand des Feldweges durchdrehen und natürlich gibt er zu viel Gas. Mist, elender, er sitzt fest, irgendwo im norddeutschen Niemandsland. Wütend schlägt er die Tür zu, verriegelte den Wagen und marschiert los, zum nächsten Bauernhof, zum nächsten Dorf, egal, jemand muss ihn mit dem Traktor rausziehen.

Er folgt dem schmalen Weg entlang eingezäunter Weiden und meint nicht vorwärts zu kommen, denn weit und breit kein Haus, kein Kirchturm, nur die immer gleichen schwarz-weiß-gefleckten Kühe und ein paar zerzauste Möwen. Zu allem Überfluss ziehen jetzt auch noch regenschwere Wolken vor die Sonne, innerhalb von Minuten wird das Licht schwächer, als würde jemand einen überdimensionalen Dimmer betätigen.

Ein Wolkenbruch hat ihm gerade noch gefehlt, hier, wo es keine Möglichkeit gibt, sich unterzustellen. Gereizt stapft Tiedjen jetzt nach links Richtung Deich, stürmische Böen treiben winzige Tropfen vor sich her und bringen den Geruch nach Salz und Moder mit. Vorbei an Silberdisteln und Strandhafer klettert er keuchend auf die künstlich geschaffene Anhöhe am Rande der vom Wind geglätteten Landschaft.

Das Meer mit seinen wütenden Schaumkronen vermengt sich am Horizont bereits mit dem trostlosen Grau der Gewitterwolken. Tiedjens Augen fangen an zu tränen, als ruppige Windstöße Sandfontänen vor sich hertreiben, er hält sich die Hände vors Gesicht, blinzelt durch die Finger. Kann nicht glauben, was er sieht. Ein paar hundert Meter zu seiner Rechten schiebt sich eine mit Strandhafer bedeckte Landzunge beherzt den Fluten entgegen. Auf ihrem Rücken duckt sich ein altersgraues Gehöft unter dem aufkommenden Sturm, als wäre es eine sprungbereite Katze. Tiedjen stolpert vorwärts, der Wind reißt ihm die Atemluft von den Lippen. Das kann unmöglich das gesuchte Objekt sein: Das Haupthaus klammert sich in einer bedenklichen Schräglage an das Fundament, die Fensterläden hängen schief in den Angeln, nur die Haustür sitzt merkwürdig gerade in ihrem Rahmen. Im Hintergrund sind undeutlich verwitterte Gebäude auszumachen, das Schlagen einer Tür ist bis hierher zu hören. Aus dem Schornstein dringt kein Rauch.

Die ersten Tropfen sind noch warm, dann prasseln sie mit eisiger Wucht auf ihn nieder, seine Kopfhaut schmerzt. Tiedjen schaut in die grobe Richtung, in der sein Wagen stehen müsste, aber dort verschwindet gerade die Landschaft hinter einem grauen Vorhang. Innerhalb von Sekunden ist er nass bis auf die Knochen. In großen Sprüngen versucht er die Hütte zu erreichen, der nasse Sand hängt sich wie Blei an seine Schuhe.

Je näher er dem Gehöft kommt, desto gedämpfter klingt das Toben des Sturms, so als zöge er sich von der Landzunge zurück. Selbst der Regen, der jetzt fast waagrecht über das Land peitscht, scheint das Haus zu meiden, der verwahrloste Garten sieht noch immer knochentrocken aus. Die letzten Meter watet Tiedjen wie durch feuchte, klebrige Watte, die ein diffuses Licht schafft und fast alle Geräusche erstickt. Er nimmt sich ernsthaft vor, endlich mit dem Saufen aufzuhören.

In die verwitterte Tür ist die Jahreszahl 1823 eingeritzt, ihre rote Farbe weitgehend verblasst. Die rissigen Holzbalken der Hauswand sind mit Lehm ausgefacht und die Fenster so klein, dass kein Mensch hätte durchsteigen können. Aus reiner Gewohnheit holt er das Smartphone aus der Tasche und macht schnell ein paar Aufnahmen: von der Jahreszahl, vom schiefen Dach mit seinen altersmüden Schindeln, das erstaunlich gut erhalten ist, vom unförmigen Kamin, aus dessen gemauertem Rand eine Distel wächst. Das Orgeln des Sturmes jagt jetzt um das Haus, die Hoffnung auf ein wenig Wärme lässt ihn durch die Tür schlüpfen, die in ihren Angeln ächzt.

Im Erdgeschoss besteht das Haus aus einem einzigen Raum, der zu wenig Licht von außen bekommt. Das bleierne Grau lässt kaum die Ecken erahnen. Den unebenen Boden bedecken stumpfbraune gesprungene Fliesen, die ehemals weißen Wände und die niedrige Decke überzieht ein abstoßender Schmutzfilm. Spuren gelebten Lebens gäb's hier en masse, denkt Tiedjen und grient zynisch beim Gedanken an das Frettchengesicht der guten Frau Mommsen. Er schaltet das Blitzlicht des Smartphones ein in der Hoffnung, ein paar brauchbare Fotos zu schießen, aber auf dem Display erscheint nicht ein einziges klares Bild, alles verläuft an den Rändern.

Es ist verdammt kalt hier drin. Unangenehm schwer hängen die nassen Klamotten auf seiner Haut, fühlen sich an wie klamme Finger. Unwillkürlich reibt er sich die Hände, als er pustet, stehen kleine weiße Wölkchen im Raum. Er stochert im rauchschwarzen Kamin, sucht nach etwas Brennbarem, eine uralte Zeitung ist alles, was er findet, sie ist unter ein Bein des einfachen Holztisches geklemmt. Der einsame Stuhl steht daneben wie nur eben weggerückt.

Erst jetzt nimmt er wahr, dass auf der bröseligen Wachstuchdecke ein Teller aus blauem Steinzeug steht, das Messer daneben sieht klebrig aus. Ein glänzender Apfel ist noch unberührt, genau wie der Laib Brot. Tiedjen sucht nach weiteren Anzeichen von Leben, nach dem Menschen, der hier vor kurzem eine einfache Mahlzeit eingenommen haben muss. Aber der einzige atmende Mensch in diesem Raum ist er, seine Atemwölkchen schlagen sich an den winzigen Fensterscheiben nieder, als er nach draußen späht. Scheiße, ist das feucht hier! Im hinteren Teil des Gartens entdeckt er ein halbverfallenes Holzhäuschen, dessen vom Wind blankgescheuerte Latten wächsern herüberleuchten. Jede neue Böe lässt die Tür mit einem Wehlaut hin und her schwingen.

Zum Glück lässt er sich nicht so schnell ins Bockshorn jagen. Zurück im Haus steigt er die steile Treppe ins Dachgeschoss hoch, prüft jede einzelne der ausgetretenen Stufen, bevor er einen Fuß daraufsetzt. Oben ist es noch düsterer als unten, nur eine schmale Dachluke schickt einen Schlauch milchigen Lichts in den Flur, von dem zwei Türen abzweigen. Dahinter liegen armselige Kammern mit nichts als Staub und Spinnweben möbliert. Es riecht nach toten Mäusen. Genervt überprüft Tietjen, ob sein Handy Empfang hat, steigt die Treppe hinunter und schwenkt seinen Arm, ohne das Display aus den Augen zu lassen. Unter seinem linken Fuß splittert das altersschwache Holz der dritten Stufe, bis zur Wade sackt er durch, kann sich nur mit Mühe am Treppengeländer festhalten. Das Handy landet scheppernd auf dem Fliesenboden. Ächzend befreit er seinen Fuß aus dem morschen Holz. Seine Wade brennt wie Feuer, er tastet mit der Hand nach dem Schmerz, findet einen bleistiftdicken Splitter in seinem Fleisch, den er mit einem Ruck herauszieht. Blut quillt aus der Wunde. Was für ein beschissener Tag.

Unbeholfen hangelt er sich am Treppengeländer hinunter, ein dünnes Rinnsal verziert die Stufen mit leuchtendem Rot. Er wird das alberne Gefühl nicht los, dass die Wände des düsteren Raums unmerklich näher gerückt sind. Und klingt es nicht so, als würden sie gierig die Luft im Raum einsaugen? Ein nervöses Kichern entschlüpft seiner Kehle. Er widersteht dem Impuls, sofort zu verschwinden, aber erst muss er sich die schmerzende Wade verbinden. Und die Schlafstätte im hinteren Teil des Raumes will er auch noch in Augenschein nehmen.

In der einen Ecke liegt ein Bündel Kleidungsstücke, das ihn in der herrschenden Düsternis an ein schlafendes Tier erinnert. Er will einen Blick auf die Kleider werfen, vielleicht ist eine passende Hose dabei und ein Pullover oder so, dann könnte er sich umziehen und seine nassen Klamotten loswerden. Noch während er sich bückt, schrickt er vor dem Gestank zurück, der dem Stapel entströmt. Schweiß, Dreck und noch etwas Undefinierbares, das ihn an Angst denken lässt. Angewidert humpelt Tiedjen hinüber in die andere Ecke, in der altes Stroh aufgeschüttet ist, auf das unordentlich eine fadenscheinige Decke geworfen wurde. Ganz deutlich sind darauf die Abdrücke eines schlafenden Körpers zu erkennen, nicht groß genug für einen Mann, nicht schmächtig genug für ein Kind. Vorsichtig streicht er mit der Hand über die Vertiefungen und zuckt erschrocken zurück, als könne die Wärme sich in seine Handfläche brennen.

Beklommen lässt er sich auf das Stroh sinken und vermeidet es dabei, die graue Decke zu berühren. Alles an ihm will hier raus, aber der Sturm hat inzwischen die Hütte erreicht, wahre Wassermassen klatschen an die Fenster und bringen sie zum Erzittern, der Wind reißt wütend an den Balken, als wolle er Kleinholz aus ihnen machen. Er zieht das linke Hosenbein hoch, befühlt vorsichtig die gezackte Wunde, in der ein wilder Schmerz wütet. Das Blut hat nun seinen Halbschuh geflutet. Tiedjen angelt erneut nach seinem Handy, die Lust auf Fotos ist ihm vergangen, er will irgendjemanden anrufen, um eine Stimme zu hören, um zu berichten, wo er gerade ist. Immer noch kein Netz! Nicht ein einziger Balken auf dem Display! Er will aufstehen, ein Netz finden. Will weg hier.

Noch in der Aufwärtsbewegung spürt er einen Widerstand, eher noch einen sanften Druck, zarte Hände drücken ihn sachte nach unten, auf die Decke, in die mit menschlicher Wärme gefüllte Mulde im aufgeschütteten Stroh. Weich gepolstert liegt er da und weich sind die Arme, die seine Schultern umfassen und er fühlt sich geborgen wie schon lange nicht mehr. Hände, die nach Kräutern duften, Lavendel vielleicht, streichen über sein Haar, liebkosen sein Gesicht. Ein Zittern huscht über seine Haut, als hätte er einen flüchtigen Stromschlag erhalten, sein Körper verlangt nach mehr, er will die Unbekannte sehen, ihr nahe sein.

Aus den düsteren Schatten hinter ihm schält sich der Körper einer jungen Frau, dessen Fülle von dem altmodischen weißen Spitzenkorsett und einem weich fallenden bodenlangen Rock aus rotem Samt nur mühsam bedeckt ist. Ihr Gesicht erinnert an die Schönheit alter Gemälde, Haut so zart wie Milch und Honig, ein Mund wie reife Kirschen und das Schwarz ihrer Augen funkelt mit der ungebändigten Pracht ihrer rötlichen Haare um die Wette.
Das kehlige Lachen der schönen Frau summt in Tiedjens Adern nach, er will sie besitzen und besiegen, er will sich unterwerfen und sich in ihr verlieren, er will sie, jetzt.

Sie aber ist schneller als er, schwingt sich auf ihn, als wolle sie ihn reiten, drückt ihn mit straffen Schenkeln zu Boden, zerrt ungeduldig an seinem Ledergürtel. Ihre Küsse setzen seinen Körper in Brand. Tietjen stöhnt vor Ungeduld, schließt die Augen, stemmt sich ihr entgegen.

Die Schöne lässt sich Zeit, umschlingt seinen Oberkörper, zwingt ihn sanft zurück in die Horizontale, bis seine Schultern auf dem Stroh zu liegen kommen, breitet seine Arme aus, sodass er da liegt wie ein Gekreuzigter. Spielerisch packt sie sein Hemd mit beiden Händen, ein kurzer Ruck und die Knöpfe springen wie kleine weiße Teufel in alle Himmelsrichtungen. Die Frau lächelt und Tiedjen lächelt auch, er spürt die kühle Luft und die Hitze ihres Körpers auf seiner nackten Haut. Er ist jetzt bereit, bereit zu empfangen, was immer sie ihm zu geben hat.

Sie lässt ihre Fingerspitzen über seine Handinnenflächen streichen, seine Arme, lässt sie kreisen über seinem Herz, dann hält sie inne. Wartet ab. Bis er ihr wieder in die Augen sieht, die jetzt an Teer erinnern. Ihre schlanken Hände ziehen eine Hitzespur hinter sich her, als sie über seine Brust gleiten, sich empor zum Hals schieben, eine nach der anderen, auseinanderstreben, bis ihre Daumen endlich im perfekten Winkel über seiner Kehle liegen. Das Heulen des Sturmes verstreut ihr Gelächter weit übers Land.

Ihr Kinderlein kommet...

In zwei Tagen ist Weihnachten. Dorothees Magen schäumt, sie greift zur Hausapotheke, um ihn zu beruhigen. Vielleicht könnte sie krank werden, Migräne kriegen, die beiden Tage im abgedunkelten Zimmer verbringen und erst wieder aufstehen, wenn Weihnachten vorbei ist. Aber sie kennt ihren Mann, Dietmar würde ihr das nie verzeihen.

Warum hat ihr bloß keiner gesagt, welche verheerenden Langzeitfolgen die Ehe mit einem geschiedenen Mann haben kann. Vor allem, wenn es zu der nervigen Ex-Frau auch noch zwei gnadenlos verzogene Kinder gibt. Seit Jahren schon kommt das Doppelpack zum Weihnachtsfest zu ihnen. Doro ist sich sicher, dass sie es hauptsächlich tun, um ihr zu zeigen, was sie von ihr halten. Nämlich nichts.

Sie hat es versucht: mit Liebe und Verständnis, mit Geduld und Verwöhnung. Sogar mit Bestechung. Nichts davon hat geholfen. In den letzten Jahren hat sie Weihnachten einfach über sich ergehen lassen. Nichts erhofft und nichts gewollt und nichts bekommen.

In diesem Jahr hat sie sich über Monate hinweg der Illusion hingegeben, dass die Zwillinge langsam genug von diesen vatergetränkten Feiertagen bekommen würden. Dass sie stattdessen eine Party feiern wollen oder nach Mallorca fliehen oder, noch viel besser, die eigene Mutter beehren werden. Aber nein, Dietmars Brut will partout nicht auf den Weihnachtsspaß mit Papa verzichten. Heute Morgen noch während des Frühstücks haben sie angerufen und zugesagt. Sie hat jedes Wort mitgehört, Dietmar hatte schlauerweise die Lautsprecherfunktion eingeschaltet. Offensichtlich zog er es vor, dieses Mal nicht der Überbringer der schlechten Nachricht zu sein.

Sie schleicht in ihr Arbeitszimmer und wirft sich auf die Couch. Heult still vor sich hin und als alle Tränen verbraucht und alle Notlösungen verworfen sind, entscheidet sie sich, die Feiertage mit Würde durchzustehen. Ach, was heißt denn ‚durchstehen'? Sie wird sie mit Bravour hinter sich bringen, sie wird das Fest souverän bewältigen, sie wird... ihr ersticktes Schluchzen geht in einen Schluckauf über. Gibt es nicht noch eine andere Möglichkeit?

Am nächsten Tag fährt Dorothee zum Einkaufen und arbeitet emsig ihre Liste ab. Es dauert eine Weile, bis die Landungen von zwei Einkaufswagen in ihrem Kofferraum verstaut sind. Und noch länger, bis alles einen Platz in Küche und Vorratskammer gefunden hat. Am Abend ist Dietmar begeistert, als er den gefüllten Kühlschrank inspiziert, die Weinvorräte kontrolliert und in alle Töpfe geschaut hat. Leider gibt es da noch wichtige Akten, die er mit nach Hause genommen hat und die er noch unbedingt... Sie lächelt ihm abwesend zu und schiebt ein weiteres Blech mit Zimtsternen in den Backofen.

Um die Mittagszeit des 24. Dezembers ist sie mit allen kulinarischen Vorbereitungen fertig, und der Baum ist auch schon stilvoll geschmückt. Während Dietmar sich zum Aktenstudium in sein Büro verzieht, geht Doro hinüber ins Schlafzimmer und sammelt alles ein, was sie für einen erquicklichen Schlaf brauchen wird: das Bettzeug, ein frisches Laken, die Kaschmirdecke, ihren Schlafanzug, denkt auch an den neuesten Thriller, den sie sich gestern gekauft hat.

Sie trägt alles in ihr Zimmer, verwandelt die bequeme Couch in ein großzügiges Bett und richtet es her.
Anschließend steigt sie hinunter in den Keller und schleppt die beiden alten Schlafsäcke aus ihrer früheren Campingzeit nach oben, dazu zwei Luftmatratzen und eine kleine Luftpumpe.

Als alle Vorbereitungen erledigt sind, geht sie unter die Dusche, zieht ihren schmalen Samtrock und die Bluse mit den Straß-Applikationen an, legt die Weißgoldkette um den Hals, die Dietmar ihr vor einem Jahr geschenkt hat und wartet. Dietmars Bürotür ist noch immer geschlossen. Genug Zeit also sich herzurichten. Sie trägt Grundierung auf und ein dezentes Make-up, gibt einen Hauch Rouge auf die hohen Wangenknochen und zwei Tupfer davon auf Kinn und Stirn. Verzichtet auf Eyeliner, weil die zarte Haut um ihre Augen inzwischen zu winzigen Fältchen neigt, dafür tuscht sie die Wimpern gleich dreimal. Zähmt sie umgehend mit einem winzigen Kamm, weil sie eher dürren Spinnenbeinen ähneln als den erwünschten eleganten Wimpernbögen. Malt Ober- und Unterlippe cyclamrot aus, bis sie einen Kussmund hat. Setzt sich ans Fenster und wartet.

Die Zwillinge kommen spät, dafür aber lautstark. Der Vater wird umarmt und gedrückt, ihr winken sie zu. Auf direktem Weg schleppen sie ihr Gepäck zu Doros Zimmer, werden aber von der verschlossenen Tür gestoppt. Irritation auf drei Gesichtern. Dorothee zuckt mit den Achseln. Leider braucht sie ihr Zimmer selber. Und sicher wollen die drei Männer gerne mal unter sich sein.
Stille macht sich breit.
Zwei anklagende Augenpaare blicken Richtung Vater, aber der weigert sich vehement, sein Büro zur Verfügung zu stellen, schließlich wird er über die Feiertage arbeiten müssen. Also bleibt ihnen nur das Schlafzimmer. Der missmutige

Blick der Jungs bekommt einen Anflug von Panik, als sie die Luftmatratzen entdecken. Dorothee vermeidet es standhaft, ihrem Gatten in die Augen zu sehen, als der mit rotem Kopf die Luftmatratzen aufpumpt.

Dann wird das Wohnzimmer mit Beschlag belegt. Innerhalb von wenigen Minuten haben sie die Kerzen am Baum angezündet, die Geschenke verteilt und ausgepackt. Doro bekommt von den Zwillingen einen kleinen Porzellanengel. Sie meint, ihn schon als Dekoration bei Douglas entdeckt zu haben, will aber nicht nachfragen. Dietmar schenken sie drei Eintrittskarten für ein Bruce-Springsteen-Konzert in Hamburg. Die Zwillinge wollen ihn so gerne dabeihaben. Und außerdem haben sie ja noch keinen Führerschein...

Nach der Bescherung wird es ihnen langweilig. Jakob hat sein iPad im Wagen der Mutter vergessen und Mark seines vor kurzem erst geschreddert. Ladekabel für die Handys haben sie auch vergessen und das von Dietmar passt nicht. Obwohl die Stimmung der Jungs mies ist, stellt ihr Vater sich stur, als er seinen Laptop rausrücken soll. Schließlich sind Firmeninternas darauf gespeichert. Dorothee fragen sie gar nicht erst. So kommt es, dass sie den Abend vor der Glotze verbringen und von Sender zu Sender zappen. Schon kurz nach elf ist auch das letzte Licht gelöscht.

Dorothee hat ausgezeichnet geschlafen und verbringt den Vormittag des 1. Feiertags voller Elan in der Küche. Dietmar hingegen ist übellaunig – er hat sie vermisst heute Nacht. Und außerdem konnten die Jungs sich nicht einigen, wer im zweiten Bett schlafen darf, also hat er sich freiwillig für die Luftmatratze entschieden. Und jetzt ist er kreuzlahm, weil sie über Nacht die Luft verloren hat.
Dorothee deckt den Tisch liebevoll mit ihrem guten Silber, dem Ess-Service mit dem Goldrand, das nicht in die Spül-

maschine darf, und den kostbaren Gläsern aus Bleikristall von ihrer Oma. Ihr Essen ist köstlich – sogar den Kindern scheint es zu schmecken. Zumindest sagen sie nichts Gegenteiliges.

Nach dem opulenten Mahl entschließen sich Dietmar und seine Sprösslinge zu einem langen Spaziergang zum Kreuzberg. Vor drei Stunden werden sie sicher nicht zurücksein. Dorothee winkt ihnen vom Balkon aus nach.
Dann lässt sie Wasser in die Badewanne einlaufen, fügt ein wenig von dem teuren Rosenöl hinzu, legt sich eine straffende Gesichtsmaske auf und gleitet mit einem wohligen Seufzer in die Wanne. Sie lässt so oft heißes Wasser nachlaufen, bis der Boiler leer ist. Nach dem Abtrocknen verwöhnt sie jeden einzelnen Teil ihres Körpers mit duftender Bodylotion und entspannt sich hinterher im Bett, liest ihren Krimi und trinkt ab und zu ein Schlückchen Sekt. Von ihrem Sofa aus hat sie einen guten Blick auf das Wohnzimmer und den anschließenden Essplatz. Es ist eine wirklich schön geschnittene Wohnung.

Sie kann das Gelächter der Rückkehrer schon im Treppenhaus hören, sie scheinen guter Laune zu sein und bringen wahrscheinlich ziemlichen Kaffeedurst mit. Ihre Gesichter sind leicht gerötet von der Kälte draußen und Dietmars Augen funkeln fast so übermütig wie die seiner Jungs. Ein Schwall kalter Luft dringt mit ihnen in das überheizte Wohnzimmer.

„Liebling, ist der Kaffee schon fer...", Dietmar bringt den Satz nicht zu Ende. Er starrt auf den Esstisch und selbst die Zwillinge verstummen. Das schmutzige Geschirr und die benutzten Gläser umkränzen noch immer den Rest des Bratens, den Rosenkohl und jede Menge Sauce und Spätzle, die seit Stunden vor sich hin trocknen. Dorothee bittet die drei, sie zu wecken, wenn der Kaffeetisch gedeckt ist. Sie schließt sacht die Tür zu ihrem Zimmer und kuschelt sich unter die Kaschmirdecke.

Dietmar spricht für den Rest des Tages kaum mit seinen Kindern, die sich erstaunlich leise vor den Fernseher verzogen haben, während er den Abwasch machte. Mit seiner Frau spricht er auch nicht. Die lackiert sich sorgfältig zuerst die Zehennägel und kümmert sich danach um ihre Fingernägel, feilen, zweimal Lack auftragen, ausgiebig trocknen lassen und zum Schluss ihr Kunstwerk noch einmal mit Klarlack versiegeln. Die Augenbrauen muss sie auch noch zupfen.

Als am nächsten Morgen der Ruf nach Spiegeleiern mit Speck und gebratenen Würstchen laut wird, zeigt Dietmar seinem Nachwuchs, wo der Kühlschrank steht. Dorothee entschließt sich, gegen ihre sonstigen Gewohnheiten den Morgengottesdienst zu besuchen. Als sie zwei Stunden später wiederkommt, ist die Küche noch immer kalt. Dafür aber picobello sauber.

Zuhause im Park

Zugegeben, am Anfang hat es mir geschmeichelt. Eine Begräbnisstätte an prominenter Stelle im Park, nicht zu übersehen am sanft geneigten Hang, mit Blick auf den Fluss, der zwischen den prächtigen Uferbäumen aufblitzt.

Und dazu dieser imposante Sarkophag aus geschmiedetem Stahl, schlicht und doch edel. An den sich eine schwarze Marmorplatte schmiegt, auf der meine Lebensdaten für die Ewigkeit festgehalten sind. ELISABETH S. ist in goldenen Lettern eingraviert. Und darunter steht: SIE HAT UNS SO VIEL FREUDE BEREITET, mit einem dicken Ausrufezeichen dahinter. Dann erst kommen die Jahreszahlen 1872 – 1894. Zweiundzwanzig Jahre, älter bin ich nicht geworden. Es war trotzdem ein erfülltes Leben. Die Namen all der Männer, die ich glücklich gemacht habe, hätten keinen Platz auf der Tafel gefunden, selbst wenn sie doppelt so groß gewesen wäre.

Als eine der wütenden Ehefrauen mir ein scharfes Messer ins Herz rammte, war die Trauer unter Bremens reichen Männern groß. So groß, dass sie einen Batzen Geld sammelten und mir auf ewig diese grandiose Aussicht bescherten.

Anfangs kamen sie mich regelmäßig besuchen und beklagten laut ihren Verlust. Bis auf einen kamen sie des Nachts, wenn keine Zeugen zu befürchten waren. Der eine war Witwer und alt obendrein, dem war sein guter Ruf längst egal.

Mittlerweile sind alle schon lange tot.
Und ich langweile mich.

Langweile mich so sehr, dass ich mich vor geraumer Zeit auf die Suche nach einem spitzen Gegenstand machte. Haben Sie jemals in einem Sarg gelegen? Nein? Ich kann Ihnen sagen, da ist es so eng, dass Sie sich kaum selber in die Tasche greifen können. Ich konnte das auch nicht, denn zu meiner Zeit trug man lange, steife Kleider und die kamen ohne Taschen aus. Aber zum Glück fiel mir vor ein paar Nächten meine Lockenpracht ein, die dank vieler Haarnadeln noch immer auf meinem Kopf thront.

Im Fummeln war ich schon immer gut. Ich fischte mir also einige von den Dingern aus den Haaren und bearbeite seitdem mit ihrer Hilfe den verdammten Deckel, der fast nahtlos den Sarg verschließt. Zu meiner großen Freude hat sich herausgestellt, dass der verarbeitete Stahl viel dünner ist als befürchtet. Die Billigheimer, die! Aber egal, pro Tag schaffe ich es, zwei bis drei Löcher in den Schlitz zu bohren. Wenn ich in dem Tempo weiterarbeite, kann ich Ende des Sommers den Deckel sprengen und meine metallene Herberge verlassen. Dann werde ich in mondhellen Nächten durch den Park streifen und mir einen Liebhaber suchen. Oder zwei.

Meine Herren, seien Sie auf der Hut!

Der Weihnachtshase

In einem jähen Anfall von Wut schleudert Gustav die morsche Schneeschaufel Richtung Hühnerstall. Elendes Gelumpe, elendes, knurrt er und schnappt sich stattdessen den Straßenbesen. Seit dem frühen Nachmittag schneit es und nichts deutet darauf hin, dass es jemals wieder aufhören wird. Der feine, duftige Neuschnee hat sich über der Landschaft ausgebreitet wie ein Leichentuch. Mürrisch versucht Gustav, mit dem Besen eine Schneise bis zur Scheune zu schieben, wo das Brennholz lagert. Aber die weißen Massen widersetzen sich, dieser verdammte... er versetzt dem störrischen Schnee einen Tritt und noch einen, der revanchiert sich und umklammert seinen rechten Stiefel, Gustav strauchelt und landet schmerzhaft auf dem Hintern. Mühsam rappelt er sich auf, angelt mit hochrotem Kopf nach seinem Stiefel und zieht sich ungelenk am Geländer der Treppe hoch. Blickt sich dabei verstohlen um, ob es Zeugen für seinen unrühmlichen Sturz gibt.

Er könnte sich selber vors Hirn schlagen, weil er so blöd ist, es weiß doch jeder, dass das 180-Seelen-Dorf gerade jetzt so gut wie ausgestorben ist. Die meisten der Bewohner haben sich rechtzeitig zu den Kindern gerettet. Von vier Höfen am Berg weiß er, dass die Alten den Weihnachtsabend im Stall bei den trächtigen Mutterschafen verbringen werden und die anderen sind Alkoholiker oder zu krank oder zu blöd, um sich rechtzeitig vom Acker zu machen. Unter dem Vordach bleibt er stehen und starrt angestrengt in das weiße Gewusel, hinter dem die zwei oder drei Lichter der Daheimgebliebenen beinahe verschwinden. Ab und zu schickt die Landstraße ein gedämpftes Surren herüber, wenn ein Nachzügler vorüberschleicht, dann ist es wieder still. Gustav schnaubt, jeder will irgendwohin, möglichst weit weg, nur nicht da bleiben, wo man hingehört. Gereizt drückt er die Türklinke nieder, hält auf halbem Weg inne, weil Lärm die Stille erschreckt: halb Rumpeln, halb Quietschen, dann gellt die Hupe eines Autos über die weißen Felder. „Herrgott Sakra, hat man denn nicht mal an Heiligabend seine Ruhe!" Gustav ist von seinem eigenen Wutausbruch überrascht, ein Heide beruft sich auf Weihnachten, er gestattet sich ein schiefes Grinsen. Trotzdem! Das wird doch wohl bald aufhören, das Gejaule! Es hört auf, wird abgelöst vom Orgeln eines Anlassers. Vergiss es, denkt er, die Karre steckt fest, der Motor ist verreckt und jetzt kannst du sehen, wo du bleibst. Gustav kann gar nicht aufhören laut zu denken. Wagentüren werden geöffnet und wieder zugeworfen, jemand entfernt sich vom Auto. Er holt seine Brille aus der Joppe, muss aber erst mal zwinkern, weil Schneeflocken sich in seinen Wimpern verfangen haben. Zu seiner Verblüffung erkennt er, wie aus einer Gestalt plötzlich mehrere werden, zwei große und zwei kleine, die sich mit gesenkten Köpfen Richtung Dorf kämpfen.

Ein garstiger Wind ist aufgekommen, er beißt in die Gesichtshaut und lässt den Atem gefrieren, die Temperatur scheint innerhalb der letzten Stunde um fast zehn Grad gefallen zu sein. Er runzelt die Stirn, kneift die Augen zu Schlitzen zusammen, die Kinder versinken bis zu den Oberschenkeln im arschkalten Schnee. Herrgott, und dann laufen die ja in die falsche Richtung, im Dorf ist doch keiner, der ihnen helfen wird.
Gustav schreckt aus seiner Starre auf, trabt so schnell er kann über den Flur in die Küche, zieht ein Backblech aus dem Herd, es ist völlig verstaubt, aber Scheiß drauf, für seine

Zwecke reicht es. Er läuft in die Wohnstube zu dem Holzstapel vor dem Kamin, lädt fünf, sechs Scheite aufs Blech, vergisst die Streichhölzer und die Zeitung von gestern nicht. Hastet hinaus, die Treppe hinunter und macht ein Feuer. Keiner macht so gute Feuer wie er, die Flammen lodern im Wind, und sind bestimmt kilometerweit zu sehen.
Die Karawane hat die Richtung geändert, hält jetzt auf sein Haus zu, kommt nur langsam voran. Der eisige Wind hat das Weinen der Kinder im Gepäck. Sie bräuchten einen verdammten Schlitten, die da draußen. Gustav hat keinen Schlitten, noch nie einen besessen. Ideenfetzen irrlichtern durch seinen Schädel, verknüpfen sich zu etwas Brauchbarem. In der Küche rafft er zusammen, was er braucht, nimmt noch ein paar Holzscheite mit, Nahrung für das Leuchtfeuer.

Er stapft los, lässt dabei die Taschenlampe in seiner Hand bei jedem fünften Schritt aufleuchten, dann macht er sie wieder aus, die Batterie hat nicht mehr viel Saft. Er läuft so schnell er kann, spürt die Gicht in seinen Füssen und sein unruhiges Herz und stolpert über Schneewehen und kommt doch nach einer Ewigkeit bei der kleinen Menschengruppe an. Sein Atem reicht nicht für eine Begrüßung und schon gar nicht für Erklärungen, er breitet die alte Wachstuchdecke vom Küchentisch auf dem Schnee aus, drückt dem Mann je einen Zipfel in die Hand und bedeutet den Kindern, auf die Decke zu kriechen. Wie blaue Würmer liegen sie in ihren dickwattierten Anzügen auf dem karierten Tuch, lassen sich abwechselnd von den Männern ziehen und sind von der Frau nur mit Mühe davon abzuhalten einzuschlafen. Die Frau sieht aus, als würde sie sich am liebsten mit dazulegen. Als der kleine Trupp Gustavs Haus erreicht, ist vom Feuer nur noch glimmende Asche übrig.

Mit violett gefrorenen Gesichtern und kältesteifen Händen hocken die Vier auf dem Flickenteppich vor dem Kachelofen, tauen langsam auf. Die Eltern wollen sich bedanken, aber Gustav rettet sich in die Küche, wärmt Milch auf, gibt einen großen Löffel Honig in den Becher, reicht ihn der Frau, es ist noch genug da für die Kinder, später, wenn sie wieder wach sind. Dem Mann und sich selber bereitet er einen Grog zu, der so steif ist, dass ihnen Tränen in die Augen schießen. Zum Glück ist genug Brot im Haus und Schinkenspeck und Butter für den Zwieback der Kinder.

Die Stille im Haus verliert langsam ihre Anspannung, ab und zu wird sie von einem leisen Schlürfen unterbrochen oder vom Knacken eines Holzscheites.

Ein Weihnachtsbaum. Woher zum Henker kommt jetzt dieser dämliche Gedanke!? Es muss Äonen von Jahren her sein, dass so ein Gestrüpp in seiner Stube gestanden hat. Gustav versucht sich abzulenken, aber der Weihnachtsbaum verhält sich wie ein Bumerang, je weiter er ihn wegdrängt, desto schneller ist er wieder da.

Höchstens für die Kinder. Für die Kinder wäre ein Weihnachtsbaum ok. Er hört auf sich zu wehren, genehmigt sich noch einen Grog und lässt seine Gedanken von der kurzen Leine.

Die Kinder schlafen immer noch den Schlaf der Gerechten, Gustav verschwindet nach draußen, kommt zurück mit dem Straßenbesen, einer Reihe unterschiedlich langer Holzleisten, einem Hammer und einer Schachtel mit Nägeln. Den Besen stellt er in die Ecke neben den Kamin und greift sich die kürzeste Leiste, nagelt sie mittig oben an den Stiel, nimmt die nächstlängere Leiste, Nagel, Leiste, Nagel. Der Vater schaut ihm neugierig zu, bietet seine Hilfe an, Leiste, Nagel. Mit einigem guten Willen wird erkennbar, dass Stiel und die quersitzenden Leisten die Figur eines Tannenbaums ergeben. Die Borsten an seinem unteren Ende stören fast gar nicht. Die Männer nicken sich zufrieden zu.

Die Frau stellt eine Frage. Nein, Christbaumschmuck gibt es nicht in diesem Haus. Schade, sagt sie. Gustav verschwindet in der Küche, Schubladen werden aufgerissen und wieder zugeknallt, das Knarren einer Tür ist zu hören, dann kommt er zurück mit einem kleinen Sack voller Ausstechförmchen und einer Rolle rotem Garn. Muss noch einmal zurück, die Schere holen.

Sie arbeiten zu dritt, Gustav schneidet die Garnfäden ab, die Frau zieht sie durch jedes einzelne Förmchen und bindet eine Schleife. Der Mann hängt sie an die Leisten. Witzig, findet er, Gustav versteigt sich gar zu einem „nicht übel".

„Kerzen?", fragt die Frau. Gustav schüttelt den Kopf. Und schüttelt ihn solange, bis er die Lösung gefunden hat. In seiner Joppe draußen am Haken findet er die Taschenlampe, stellt sie mitten ins Gedränge der braunen Besenborsten, knippst sie an, als der Mann das Licht im Zimmer löscht. Mond, Sterne, Weihnachtsmänner und ein einsamer Osterhase beginnen im Takt aufzuleuchten. An, aus, an.

„Ohne den alten Hasen wäre das ganze Weihnachtsfest nichts Besonderes", sagt die Frau mit belegter Stimme und küsste ihre Kinder wach.

INHALTSVERZEICHNIS

Danksagung

Mein Dank gilt zwei Frauen, die mich auf meinem Schreib-Weg begleitet, gefordert und gefördert haben:
Karin Bruder und Anke Fischer.
Ohne die beiden wäre dieses Buch nicht entstanden.

Die Autorin

Als sie ihre erste Geschichte schrieb und einem jungen Publikum vorlas, war die Autorin gerade einmal acht Jahren alt. Danach legte sie eine längere Pause ein, machte Abi, studierte Erziehungswissenschaften und ihr Leben wurde reicher durch drei Kinder. Am liebsten arbeitete sie mit Erwachsenen. Als die Söhne ihre eigenen Wege gingen, begann sie sich zu langweilen. Bis sie sich an das Glücksgefühl erinnerte, das sie als Kind beim Erfinden von Geschichten empfunden hatte. Inzwischen sieht sie sich als Geschichtensammlerin. Sie entdeckt sie auf der Straße und im Museum, beim Blick in die Zeitung und in den Spiegel, durch schräge Momente und merkwürdige Erlebnisse und nicht zuletzt durch herzerwärmende Begegnungen und befremdliche Träume.

Es folgten Veröffentlichungen in diversen Anthologien und nun dieses Buch.